T0278449

Juli Zeh

AÑO NUEVO

Vegueta 🏠 Narrativa

Juli Zeh nació en Bonn en 1974. Estudió derecho en Passau y Leipzig y vivió en Cracovia y en Nueva York, donde trabajó para las Naciones Unidas. En 2018 fue elegida jueza honoraria en el Tribunal Constitucional del Estado de Brandeburgo.

Su primera novela, *Adler und Engel* (2001), traducida como *Águilas y ángeles*, fue galardonada en 2002 con el Deutscher Buchpreis, el principal premio literario alemán, y se convirtió en un éxito de ventas internacional. Desde entonces sus libros son un acontecimiento en Alemania y se han traducido a treinta y cinco idiomas. Su novela *Corazones vacíos*, que forma parte de la colección de Vegueta Narrativa (2019), fue un éxito rotundo en Alemania nada más publicarse, tanto a nivel de crítica como de público.

Juli Zeh ha obtenido numerosos reconocimientos como el Premio Literario Rauriser, el Prix Cévennes a la Mejor Novela Europea, el Premio Hölderlin, el Premio Ernst Toller y el Premio Thomas Mann, entre muchos otros, con los que se ha consagrado como una de las voces narrativas femeninas más reconocidas de Europa.

Vegueta Narrativa

Colección dirigida por Eva Moll de Alba

Título original: *Neujahr* de Juli Zeh

© 2018 by Luchterhand Literaturverlag, a division of Verlagsgruppe
Random House GmbH, München, Germany
www.randomhouse.de
This book was negotiated through Ute Körner Literary Agent
www.uktilag.com

© de esta edición: Vegueta Ediciones
Roger de Llúria, 82, principal 1ª
08009 Barcelona
www.veguetaediciones.com

La traducción de esta obra ha sido
apoyada por una beca del Goethe-Institut.

Traducción: Roberto Bravo de la Varga
Diseño de colección: Sònia Estévez
Ilustración de cubierta: Sònia Estévez
Fotografía de Juli Zeh: © Peter von Felbert
Maquetación: Sara Pintado

Primera edición: noviembre de 2021
ISBN: 978-84-17137-60-1
Depósito Legal: B 13323-2021
IBIC: FBA

Impreso en España

FSC
www.fsc.org
MIXTO
Papel procedente de
fuentes responsables
FSC® C121047

Juli Zeh

AÑO NUEVO

Traducción de Roberto Bravo de la Varga

Vegueta 🔲 Narrativa

Para David, que sabe
de qué va todo esto

Le duelen las piernas. Sobre todo, en la parte inferior, donde hay músculos que apenas se ejercitan y cuyo nombre ha olvidado. A cada pedalada, los dedos del pie rozan con el forro interior de las zapatillas de deporte, pensadas para correr, no para montar en bicicleta. Los pantalones cortos de ciclista le salieron baratos, pero no protegen lo suficiente de la fricción; Henning no lleva agua y no hay duda de que la bicicleta es demasiado pesada.

La temperatura, en cambio, es prácticamente perfecta. El sol brilla en el cielo, pero sus rayos no llegan a quemar. Si Henning estuviera echado sobre una tumbona, al abrigo del viento, sentiría calor. Si paseara junto a la orilla del mar, tendría que ponerse una chaqueta.

Montar en bici es relajante, es una forma de descansar, le permite estar a solas consigo mismo. Una especie de cortafuegos entre el trabajo y la familia. Tiene dos hijos, de dos y cuatro años.

El viento impide que sude. Hoy sopla fuerte, demasiado fuerte en realidad. Theresa empezó a quejarse en el desayuno, le gusta quejarse del tiempo y, aunque no lo hace con mala intención, le pone de los nervios. Demasiado calor, demasiado frío, un ambiente demasiado húmedo o demasiado seco. Hoy sopla demasiado viento. No se puede salir con los niños. Habrá que quedarse en casa todo el día, sin poder disfrutar del sol. Fue Henning quien insistió en venir aquí de vacaciones. Habrían podido pasar las fiestas en Alemania, sin gastar dinero, en su piso de Gotinga, una vivienda amplia y confortable. Habrían podido visitar a sus amigos o alquilar un bungaló en algún paraje natural. Pero, entonces, a Henning se le ocurrió de repente ir a Lanzarote. Todas las noches se conectaba a Internet para ver imágenes de playas de arena negra sobre las que rompían olas de espuma blanca, fotografías de palmeras y de volcanes, paisajes que recordaban al interior de una cueva de estalactitas y estalagmitas. Consultó las temperaturas medias y envió a Theresa todos los datos. Poco a poco, su atención fue centrándose en las villas de paredes blancas que se ofrecían en alquiler. Noche tras noche fue pasando por cientos de ellas. Siempre le daban las tantas. Se proponía dejarlo y marcharse a la cama, pero luego abría el siguiente anuncio. Examinaba las casas de arriba abajo, a conciencia, como si buscara una en concreto.

Ahí están, esas son las villas, apartadas de la carretera, dispersas por El Campo. Desde lejos parecen líquenes descoloridos que salpican el suelo oscuro. A media distancia se convierten en cubos blancos, divididos en grupos. Cuando uno pasa en coche a su lado descubre que se trata de impresionantes haciendas, la mayoría de las viviendas construidas sobre la ladera, aprovechando el relieve del terreno, dispuesto en gradas, rodeadas de muros blancos y protegidas con puertas de hierro forjado. Delante de las más grandes hay artísticos jardines con plantas autóctonas a las que se permite crecer libremente, esbeltas palmeras, caprichosos cactus, exuberantes buganvillas. Lo normal es tener un coche de alquiler aparcado en la entrada. Varias terrazas con distintas orientaciones. Vistas panorámicas que abarcan todo el horizonte. Montañas volcánicas, cielo, mar. Al pasar por delante, la mirada de Henning se detiene en cada una de las propiedades. Se imagina cómo debe de ser vivir así. La dicha, el triunfo, la grandeza.

Sin consultar con Theresa, alquiló una casa para él y su familia; dos semanas de vacaciones disfrutando del sol, Navidad y Año Nuevo. Como no podían permitirse una villa, se decidió por un chalet en una urbanización, uno de tantos, todos con el mismo aspecto, todos con una terraza protegida del viento y un minúsculo jardín. Bonito, pero demasiado pequeño. La piscina comunitaria es de color turquesa y parece muy bien cuidada. El agua suele estar demasiado fría para nadar.

En Alemania, las temperaturas no subirán de un grado y se espera aguanieve. Esa es la respuesta que le ha dado a Theresa cuando ha empezado a quejarse esta mañana.

Uno, dos, uno, dos. Va marcando el ritmo mentalmente con cada pedalada. El viento es fuerte y sopla de cara. La carretera asciende, Henning avanza despacio. Se ha equivocado al alquilar esta bicicleta, las ruedas son demasiado gruesas, el cuadro demasiado pesado. A cambio tiene más tiempo para contemplar las villas. Sabe qué aspecto tienen por dentro, porque recuerda las imágenes que vio en Internet. Suelo de baldosas y chimenea de leña. Baño con paredes de piedra natural. Inmensas camas de matrimonio sobre las que cuelgan redes antimosquitos. Patios cerrados en cuyo centro crece una palmera. Delante, vistas al mar; detrás, paisaje de montañas. Cuatro dormitorios, tres baños. Una esposa sonriente con pantalones de lino de color claro y una blusa suelta. Niños felices que se entretienen solos, jugando tranquilamente. Un hombre de aspecto atlético, responsable y cariñoso con su familia, pero independiente y fiel a sí mismo, acaba de echarse en la tumbona y está tomándose el primer cóctel del día a primera hora de la tarde. Muros gruesos, pequeñas ventanas. Alquilar una propiedad así cuesta mil ochocientos euros por semana. El chalet en el que se alojan sale por sesenta al día. Disponen de un dormitorio con una cama de 1,40, demasiado estrecha para Henning, y una segunda habitación con una cuna, una cama de niño y hasta un cambiador provisto con todo lo necesario, incluso toallitas húmedas, aceite hidratante y unos cuantos pañales. En las estanterías de la sala de estar hay *thrillers* que otros huéspedes han dejado cuando estuvieron de vacaciones, la mayoría en inglés, un puñado en alemán. Desde la cocina se accede al exterior a través de una enorme puerta corredera de cristal; fuera hay un lugar para comer. El jardín cuenta con una barbacoa y unos bancos de piedra en los que se sientan a beber vino por las noches, cuando los niños están en la cama. Hay más casas como la suya a un lado y a otro. En una se aloja un grupo de jóvenes que pasan todo el día fuera y solo vuelven para dormir. En la otra vive un matrimonio británico de más de sesenta años, tan discreto como Henning y Theresa, y que hasta ahora no se ha quejado de los niños.

Han tenido suerte. Ha sido todo un acierto. Bibbi ha dormido bien desde la primera noche, incluso mejor que en Alemania. Theresa y Henning no paran de decir que es una casa encantadora y, en realidad, lo es. El tiempo es fantástico, salvo por el viento, aunque hasta hoy no había soplado con tanta fuerza. Ya han estado en la playa varias veces. Theresa ha terminado reconociendo que ha sido una buena idea venir aquí. Al principio se opuso. Henning realizó la reserva en secreto con la excusa de darle una sorpresa, aunque estaba claro que lo había hecho para eludir su negativa. Ella no se lo había reprochado, no era su estilo. Prefirió callarse. Su silencio dejaba claro que había echado sus vacaciones a perder. ¿Por qué Canarias? Demasiado agobiante y demasiado caro. Ni siquiera iba con ellos. Es raro que Theresa cambie de opinión, pero ahora está a gusto; lo único que no soporta es el viento.

El coche de alquiler supone ciento treinta y cinco euros a la semana; consiguieron una bicicleta por veintiocho al día. La primera compra que hicieron en Eurospar ascendió a más de trescientos euros. Si salen a comer, los menús de dos niños y dos adultos con una bebida para cada uno oscilan entre los treinta y los cincuenta euros. El vuelo fue económico, aunque a Henning le parece un escándalo que los niños paguen casi lo mismo que un adulto. No sabe muy bien por qué, pero siempre se fija en lo que cuesta todo. No es que estén muriéndose de hambre precisamente. Sin embargo, la cabeza de Henning funciona como una calculadora. Si Theresa lo supiera, le parecería ridículo. No puede hacer nada por evitarlo. Está obsesionado con el valor de las cosas o, mejor dicho, con su precio. Puede que el dinero sea el último referente que queda en el mundo.

Uno, dos, uno, dos.

Aparte de él apenas han salido ciclistas. O, por lo menos, no ha visto a ninguno. Tal vez el viento los retenga en las casas.

O estén durmiendo la borrachera. Hombres sin hijos. O que se las arreglan mejor que él.

En la tienda de bicicletas le preguntaron qué tenía pensado hacer. Andar un poco por ahí, eso es lo que había respondido. El encargado le recomendó una elegante bicicleta de montaña, de gama media y con suspensión neumática. Le aseguró que con ella podría ir a toda velocidad incluso por pistas de tierra. Henning ha dejado el ciclismo, ya no tiene tiempo. Antes salía cada fin de semana y llegaba a recorrer más de cien kilómetros en una sola jornada. Lanzarote, la isla de las bicicletas. Eso es lo que dice Internet. Buenas carreteras, pendientes empinadas. Muchos profesionales vienen a entrenar aquí. Henning pensó que sería una buena idea aprovechar las vacaciones para hacer alguna ruta que no fuera demasiado larga y tampoco muy exigente. Llevaban aquí más de una semana y todavía no había cogido la bicicleta ni una vez. Hasta hoy.

La idea se le ocurrió de repente. Después del desayuno salió a la puerta de la casa y levantó la vista hacia el volcán de La Atalaya, que se yergue sobre un Atlántico oscuro y silencioso. Entonces supo que tenía que subir hasta allí. Femés, un pueblo de montaña, se encuentra a quinientos metros sobre el nivel del mar. Una carretera sinuosa, ancha, que asciende progresivamente, con un tramo final más empinado. No parecía estar lejos. Henning se volvió hacia la casa y dijo: «¡Adiós! Voy a dar un paseo en bicicleta. Vuelvo pronto», luego cerró la puerta sin esperar una respuesta.

Uno, dos, uno, dos. Lo bonito de montar en bicicleta es que solo hay que pedalear. Nada más. Va bien. Lento, pero bien. Salvo por los pinchazos en los muslos, Henning se encuentra en excelente forma.

Le resulta increíble que lleven en la isla una semana nada más. Tiene la impresión de que la Navidad pasó hace mucho. Hay que decir que la Nochebuena estuvo muy bien, teniendo en cuenta que, desde hace cuatro años, «bien» significa «bien para los niños». Theresa insistió en poner un árbol de Navidad. Nada más llegar, cogió el coche de alquiler y se pasó horas buscando un abeto en una isla que apenas tiene vegetación. Mientras tanto, Henning se quedó en el chalet con Jonas y Bibbi, y descubrió lo estresante que puede llegar a ser encerrarse con un par de niños cuando uno no tiene a mano el cubo de Lego, el trenecito de madera de BRIO, ni los muñecos de peluche.

Henning sueña con niños a los que les haga ilusión tener un jardincito con piedrecitas negras en lugar de césped para poder jugar con ellas durante horas. Bibbi y Jonas no son de esa clase. A veces se pregunta si están haciendo algo mal. La frase favorita de Jonas es: «¿Qué hacemos aquí?». Y Bibbi, que aprende de su hermano, lleva una temporada en la que no para de decir: «Me aburro».

Theresa opina que son demasiado pequeños para entretenerse solos. En su círculo de amistades, los niños de su edad también necesitan que les propongan actividades estimulantes. Henning quiere ser padre, pero no un monitor ni un compañero de juegos. En todo esto hay algo que no encaja. Cuando era pequeño, ni a él ni a su hermana se les habría ocurrido pedirle a su madre que jugara con ellos. No entiende que las cosas han cambiado mucho desde entonces.

Theresa tuvo que aceptar que en toda la isla no quedaba ni un abeto, pues los pocos que había se los habían reservado a los extranjeros que residían habitualmente en ella, a donde llegaban en barco gracias a un comerciante alemán que se dedicaba a importar semillas y plantas. Al final apareció en casa con un arbolito de plástico, ya adornado, que dejó metido en el maletero del coche para poder contar a los niños que lo había traído el Niño Jesús. Desde que Bibbi y Jonas vinieron al mundo, Theresa representa la misma comedia cada año. Salidas secretas, el Niño Jesús, regalos. Aunque hubieran estado en medio del Himalaya, habría ido a buscar un árbol de Navidad y lo habría escondido para que sus hijos no se dieran cuenta. A Henning le saca de sus casillas ese empeño de ella, aunque sabe que en el fondo es pura envidia. En primer lugar, porque Theresa lucha hasta que consigue lo que quiere. Y, en segundo, porque, en casa de ella, el Niño Jesús siempre traía árboles de Navidad. Entrar en la sala de estar y encontrarse de repente con el árbol adornado con velas y bolas de colores es uno de los recuerdos más bonitos de la infancia de su mujer.

En casa de Henning y Luna no solía haber árbol de Navidad y, las pocas veces que lo tuvieron, fue porque la madre compró a toda prisa un abeto raquítico, que, por si fuera poco, acababa doblado, porque lo metía a presión en el maletero atestado de bolsas después de haber hecho la compra. Su madre no tenía ni tiempo ni dinero. El padre había abandonado a la familia cuando Henning tenía más o menos la edad de Jonas, cuatro o cinco años. Cuando ahora recuerda su infancia, ve a su madre, a Luna y a sí mismo. A su padre, Werner, no lo ve. No tiene recuerdos anteriores al momento en que Werner decidió empezar «una nueva vida», como dice la madre.

Por lo que sabe, no es extraño que los recuerdos de una persona comiencen a los cinco o seis años. Una vez tuvo que ocuparse de un libro que trataba sobre la memoria humana, un proyecto que le encargó la editorial donde trabaja. En él se decía que los recuerdos tempranos se apoyan en imágenes o en relatos. Incluso es posible inducirlos mostrando al individuo adulto algunas fotografías de su pasado convenientemente manipuladas y hacer que se acuerde de cosas que no han ocurrido jamás. A Henning le parece siniestro. Prefiere no recordar nada en absoluto. De hecho, conserva algunas fotos que muestran a los cuatro miembros de la familia: mamá, una mujer guapa; Henning, un niño rubio; Werner, un hombre sonriente con un bigote moreno; y, en medio, la pequeña Luna, a la que le faltan algunos dientes, lo cual le da un aspecto travieso que resulta encantador. Sin embargo, Henning no reconoce al hombre del bigote como su padre, y tampoco recuerda el día en que Luna perdió sus dos incisivos, aunque le hayan repetido cientos de veces que se cayó del triciclo.

A diferencia de los de Theresa, los árboles de Navidad de su madre no tenían nada que ver con el Niño Jesús. Eran árboles «para que me dejéis en paz de una vez». A Henning y a Luna les encantaban, a pesar de que tuvieran las ramas torcidas o puede que justo por eso. Pero a Henning no le gusta recordarlo; si fuera por él, no volvería a ver un árbol de Navidad en su vida.

A pesar de todo, en Nochebuena agradeció la perseverancia de Theresa. Los niños contemplaban con los ojos radiantes aquel arbolito de Navidad barato, adornado con lucecitas de plástico y bolas de colores que estaban deseando tocar. Lo que más le gustaba a Jonas eran los muñecos de nieve que colgaban de las ramas de plástico y llevaban en la cabeza un pañuelo de pirata; Bibbi prefería los pajaritos con gorro. Él, a su lado, se puso a pensar si por lo menos Jonas recordaría algún día este momento, si conservaría en su memoria algún detalle de estas vacaciones.

La piel de las montañas está surcada de arrugas que esconden sombras. Es como si la noche se ocultara allí hasta la caída de la tarde. A eso de las seis, la oscuridad asciende por las gargantas y cubre la isla en muy poco tiempo. Durante el día, reina la claridad, los contornos de las montañas están perfectamente definidos, los colores son intensos, como en una fotografía retocada con un filtro. Henning se siente extraño en aquel paisaje lunar salpicado de manchas. Ni él ni su bicicleta encajan aquí. La guía de viaje que había leído hablaba sobre las últimas erupciones volcánicas que tuvieron lugar hace solo trescientos años. Entonces, el Timanfaya inundó de lava un tercio de la isla, acabando con la vegetación y con la fauna, llenando comarcas enteras de cenizas y escoria. Gases venenosos, géiseres de agua salada, minerales fundidos expulsados de la tierra con una extrema violencia, una hora cero geológica, un nuevo comienzo para una isla sin rostro, sin historia e incluso sin voz.

La guía decía que algunas personas odian Lanzarote, mientras que otras la adoran. Henning no puede decir aún a qué grupo pertenecen.

Es la primera vez que está a solas consigo mismo y con la isla. Hasta ahora han dedicado los días a hacer actividades familiares: parques infantiles, playa, el Museo de la Piratería, paseos a caballo, helados, *karting*, zoo, más helados. ¿Quién puede aguantar un día entero metido en casa con dos niños pequeños? Cuando se tienen hijos, las vacaciones pueden resultar mucho más estresantes que el día a día. No hay un minuto de descanso, hay que levantar como sea un muro que contenga el caos, el aburrimiento y el malhumor. El capítulo de la guía de viaje que más interesa es el que se titula «Viajar con niños»: acudes al supermercado para buscar una determinada variedad de salchicha y buscas en la televisión toda clase de programas infantiles. Aprendes a plegar el cochecito para que entre en el reducido maletero del coche de alquiler y luchas con el cinturón para sujetar los asientos para niños. Todo el mundo habla de lo amables que son los españoles con los pequeños. Todos los restaurantes disponen de tronas compradas en IKEA, y llama la atención la cantidad de papás que acuden a los parques con sus hijos. Han aprendido que el trabajo no está reñido con el descanso; de hecho, es el único medio para evitar que los pequeños absorban todo su tiempo. Se sirven del trabajo para reponerse de las vacaciones.

«Es una fase por la que hay que pasar», le gusta decir a Theresa. Algunas veces, Henning ha entendido: «Es un desfase y lo vamos a pagar». Le preocupa que ambas cosas sean verdad.

Como querían darle un carácter familiar a la Nochevieja, en el último minuto habían hecho una reserva para cenar en el hotel Las Olas, un menú cerrado compuesto de cuatro platos. Escogieron el primer turno, que comenzaba a las seis de la tarde y terminaba a las ocho y media, porque a las nueve llegaban nuevos clientes. Resultaba humillante, pero era la única manera de respetar la rutina de los niños, que se acostarían apenas dos horas más tarde de lo habitual.

El comedor de Las Olas era tan grande que no se veía el final. Mesas para ocho personas pegadas unas a otras. Todo apuntaba a que el local iba a estar masificado. La sala había sido decorada para la ocasión. El menú costaba cien euros por persona; eso sí, los niños cenaban gratis. Theresa, decidida a disfrutar de la noche, sugirió que se fijasen únicamente en lo positivo. Era lo que siempre decía cuando las cosas no iban como a ella le habría gustado. Decidió llevar a los niños al recibidor del hotel para que vieran el árbol de Navidad adornado con cristales Swarovski, mientras él se encargaba de buscar su mesa y prepararlo todo para cuando volvieran: conseguir una trona, tener a mano las toallitas húmedas y sustituir las copas por los vasos de plástico que habían llevado.

Al entrar en el comedor, Henning tuvo la impresión de entrar en un crucero, a pesar de que jamás había estado en uno. La mayoría de los clientes ya habían ocupado sus mesas; mientras unos observaban con curiosidad al recién llegado, otros siguieron estudiando un menú que ya debían saberse de memoria. La idea de compartir mesa con desconocidos no le hacía demasiada gracia. En presencia de otras personas, controlar a los niños se convierte en una pesada carga. Buscó el número veintisiete. Su mesa se encontraba cerca de una fuente en la que nadaban algunos peces koi. Calculó que aquello mantendría distraídos a sus hijos por lo menos un cuarto de hora. La perspectiva de tener que retirar la vajilla, las copas, los cubiertos y las servilletas, para que no estuvieran al alcance de los niños, le pareció desalentadora; por fortuna, habían preparado una trona, y esto le infundió ánimos.

Una pareja mayor estaba sentada a la mesa. Los dos se levantaron, le dieron la mano, le desearon feliz Navidad en alemán y mencionaron sus nombres, aunque él no se quedó con ellos. Henning anunció que su mujer llegaría dentro de un momento con sus hijos y ellos respondieron con un: «¡Maravilloso!», que no sonó irónico en absoluto.

Decidió relajarse. No tenía motivos para estar preocupado. Las vacaciones estaban yendo bien, se podría decir que eran casi perfectas. Desde que llegaron a la isla, aún en el aeropuerto, se había dado cuenta de que allí se respiraba un ambiente especial que tenía que ver con la luz, con el aire y con la tranquilidad. Los españoles eran amables, te recibían con los brazos abiertos en todas partes, incluso con niños. Nadie te llamaba la atención por estar haciendo algo mal. Era como si la palabra «estrés» no se hubiera inventado todavía.

Por desgracia, *eso* había vuelto a aparecer la pasada noche. En el comedor de Las Olas aún no lo sabía. Mientras esperaba a Theresa y a los niños en la mesa veintisiete, volvió la vista atrás y pensó que había disfrutado de una semana entera sin *eso*. Una semana de vida normal, de sueño normal, de problemas normales, de alegrías normales. El período de calma más largo de los últimos dos años. Durante aquellos días, se había prohibido una y otra vez pensar en *eso*, porque cualquier paso en falso podría sacarlo de su caverna. A pesar de sus buenos propósitos, está claro que no dejaba de darle vueltas al asunto. Sin embargo, para su sorpresa, *eso* permaneció en su agujero. Se había retirado. Puede que estuviera acechándole o que simplemente se hubiera quedado dormido; a él le daba igual, mientras le dejase en paz. Por lo general, Henning no se habría confiado, porque el regreso de *eso* resultaba mucho más duro cuando había dado alas a la esperanza. Pero allí, en el comedor de Las Olas, atestado de gente y saturado de calor, se permitió disfrutar de su victoria con todas las cautelas. ¿Por qué no? Le iba bien. Era una persona normal entre personas normales. No iba a pasarle nada.

El matrimonio alemán procedía de Würselen, la ciudad natal de Martin Schulz; al parecer, habían llegado a conocer al actual líder del Partido Socialdemócrata en su época de librero. Henning asentía con la cabeza y, de vez en cuando, deslizaba algún comentario para confirmar que estaba escuchando, mientras su mirada se concentraba en localizar a los niños y a Theresa, que debían de estar acabando su visita al árbol de Navidad. Al final los descubrió a cierta distancia, junto a una mesa en la que había otros dos niños de la edad de Bibbi y de Jonas. Su mujer reía, mientras las cuatro cabecitas hacían corro, tocándose unas a otras, reunidas seguramente alrededor de algún juguete. Puede que Bibbi estuviera enseñándoles el conejito que le habíamos regalado en Navidad y con el que causaba furor en todas partes. En ese instante, se dio cuenta de lo mucho que les quería, aunque hay amores que matan.

Theresa se cubría la boca con la mano, mientras reía a carcajadas. Podía oírla desde el otro lado de la sala. A veces, cuando la observa a distancia, le llama la atención lo baja que es, como si no fuera consciente de ello o lo hubiese olvidado con el paso de los años. Apenas un metro sesenta y, sin embargo, repleta de vitalidad. No puede decir si es guapa o si nada más tiene buen tipo. Su cabello es castaño, lo lleva corto. Su figura es imponente, abrumadora. Causa sensación allá donde va. Todo el mundo parece ver algo especial en ella. No solo los hombres, también las mujeres. Se acercan y empiezan a hablar de su vida como si la conocieran desde siempre. Lo que más le gusta de ella es su risa contagiosa, incluso cuando se ríe de él, algo que sucede con bastante frecuencia. En los últimos tiempos, sus mejillas han empezado a descolgarse, aunque nadie que no la conozca desde hace tiempo lo notaría. Para Henning es una señal de que no va a ganar peso con la edad; al contrario, se volverá más delgada, pese a la anchura de sus caderas. No sabe qué es peor. En general, no le gustan las mujeres mayores, pero es consciente de que algún día vivirá con una. Los hombres mayores le gustan todavía menos; pero es consciente también de que en algún momento se convertirá en uno de ellos.

Esta idea hizo que *eso* extendiera sus antenas hacia él, por lo que Henning se apresuró a desviar su atención hacia otro tema. Un camarero se acercó a la mesa con una bandeja redonda llena de copas de champán. Él tomó una, y el matrimonio mayor otras dos. Decidió que los llamaría Katrin y Karlchen. Brindaron. Se bebió la copa de un trago y notó su efecto de inmediato. Apenas probaba el alcohol y, cuando lo hacía, no era tan pronto ni bebía tan rápido. Levantó un dedo para pedirle al camarero que se acercara a la mesa de nuevo. Repitió la operación con la segunda copa. El ambiente había cambiado. Ya no le molestaba la decoración barata. Era cierto: iban a cenar un menú corriente, en un hotel corriente, lleno de turistas corrientes. Bueno, ¿y qué? Katrin y Karlchen parecían simpáticos, los adornos eran tolerables y más tarde puede que tuvieran la oportunidad de bailar, mientras los niños disfrutaban de la actuación de un mago. Estaba pensando que iba siendo hora de que Theresa viniera a sentarse cuando vio que se encaminaba hacia la mesa. Saludó calurosamente a Katrin y a Karlchen, como si fueran amigos de toda la vida. Después de brindar, decidieron tutearse, era más sencillo, y lo habitual en la isla. Llegó el primer plato, unas vieiras deliciosas. Los niños cogían trozos de pan y desaparecían debajo de la mesa. Cuando quiso llamarles la atención, Theresa apoyó una mano sobre su brazo y dijo: «Déjalos».

La velada resultó mejor de lo que esperaba. Disfrutó de la comida y, para su sorpresa, a Bibbi y a Jonas casi no se les vio el pelo. No se despegaban de los niños de la mesa veinticuatro, con los que, al parecer, habían hecho muy buenas migas. De vez en cuando, Theresa se acercaba a echarles un vistazo y aprovechaba para charlar un rato con los comensales, un grupo de franceses, según le dijo a Henning, que, en contra de su costumbre, decidió quedarse allí sentado, bebiendo champán, mientras esperaba a que le sirvieran el siguiente plato. Disfrutaba de aquella ligera ebriedad, disfrutaba de la música, éxitos de los noventa que a Katrin y a Karlchen les parecían espantosos, temas como *Lemon Tree* e incluso *Come As You Are*, que conocía bien y hasta le habría apetecido cantar.

Katrin y Karlchen hablaban de política. Pertenecían a esa clase de personas que no juzga a los medios por la información que aportan, sino por el estado de opinión que crean. Como no podía ser de otra forma, estaban convencidos de que la República Federal se dirigía al abismo. Todavía no se había constituido el nuevo Gobierno federal, el Brexit y Trump constituían una seria amenaza, por no hablar ya del ascenso de partidos radicales como Alternativa para Alemania. Katrin repetía las mismas consignas que se oían en todas partes: que la sociedad estaba experimentando una profunda transformación, que estábamos en el umbral de una nueva época, y que los populistas y los grandes grupos de comunicación habían acabado con la verdad. Propuso brindar por que 2018 fuera un año mejor que el anterior, y Henning se unió a ella, aunque el discurso sobre la «posverdad» y el «cambio de época» le sacaba de sus casillas.

A pesar de todo, Katrin y Karlchen sonrieron a los niños, bebieron tanto champán como él y preguntaron a Theresa por su trabajo, lo cual dio pie a una animada conversación acerca de los mejores trucos para ahorrarse impuestos.

A lo largo de la velada, tuvo la sensación de encontrarse en un barco. Era como si aquella sala, espléndidamente iluminada, se abriera camino a través de un mar oscuro, aunque de aguas tranquilas, en medio de la noche. Cuando llegaron las nueve, la hora de marcharse, habría jurado que ya habían dejado atrás la medianoche y que eran las tres de la madrugada. Theresa había pasado un montón de tiempo en la mesa veinticuatro. Tal vez más que en la suya. En lugar de recoger a los niños y regresar, cada vez se quedaba más tiempo hablando con los franceses con una copa de agua mineral en la mano.

Uno, dos, uno, dos.

A partir de Playa Blanca, la carretera comienza a ascender poco a poco. Ahora tiene que luchar contra el viento, un viento más fuerte que la gravedad, con violentas ráfagas que le arrastran hacia los lados, desplazándole varios metros, como si quisieran obligarle a que se diera la vuelta. Pero Henning no se da la vuelta. Su pulso se acelera, así que elige una marcha más corta y ajusta su ritmo al nuevo desarrollo, concentrándose en respirar al ritmo de las pedaladas, vaciando por completo sus pulmones. Una para inspirar, dos para espirar. Es importante dosificar bien las fuerzas, no quedarse sin aliento ni empezar a sudar. La velocidad no tiene la menor importancia; su objetivo es culminar el ascenso, da igual en cuánto tiempo. Es un buen día para subir a Femés; se siente descansado a pesar de haber tenido una noche de mierda. Uno, dos. Es el día perfecto para un reto. Va a enseñarle al Año Nuevo quién es él.

El año que acaba de terminar no le trató bien. Aunque transcurrió sin sobresaltos, no hubo enfermedades graves, ni muertes, Henning vivió con la continua sensación de que estaban a las puertas de una catástrofe. Ahora *eso* no solo se presenta por la noche, sino también a plena luz del día. Cuando supera un ataque, espera angustiado el siguiente. Por otra parte, no logra definir su propio espacio entre el trabajo y los niños. Su vida se parece mucho a una huida, no consigue sacar adelante sus proyectos, no tiene tiempo para nada.

Él y Theresa trabajan a media jornada. Comparten la responsabilidad de los niños y del dinero. Es importante para ellos. Han luchado para que sus empresas respeten su decisión. La asesoría fiscal de Theresa se mostró bastante más receptiva que la editorial de Henning, con fama de progresista. El director llegó a amenazarle de manera indirecta con el despido, y solo aceptó las nuevas condiciones cuando él le prometió que se llevaría trabajo a casa. «Trabajar todo el día, cobrar solo por media jornada», suele decir Theresa. No obstante, es la única solución para que Henning pueda conciliar la vida laboral y familiar. «Dosificar», esa es la palabra mágica. Suele trabajar en los manuscritos a primera hora de la mañana o a última hora de la noche, pero lo pasa mal, porque tiene la sensación de no poder ocuparse de los libros con el mismo rigor de antes. Por suerte, hasta ahora no se ha quejado ningún autor.

Lo principal es que no están repitiendo la historia de sus padres. La madre de Henning se mató a trabajar y además tuvo que criar a sus hijos ella sola. A la madre de Theresa, ama de casa, también le tocó encargarse de los niños, mientras su marido salía a trabajar. Henning y Theresa tuvieron claro desde el principio que se organizarían de otro modo. Querían algo acorde a su tiempo. *Fifty-fifty*, y no veinticuatro horas al día, siete días a la semana.

Poco después de nacer Jonas, el casero que les había alquilado la vivienda de cuatro dormitorios en la que vivían en Gotinga reformó el ático. Construyó seis apartamentos para estudiantes con una cocina diminuta, una ducha diminuta y un dormitorio, que parecía aún más pequeño por la inclinación del techo. Henning y Theresa decidieron arrendar uno de ellos para utilizarlo como oficina. A Henning le gusta estar allí arriba. El espacio reducido, la moqueta corriente, la nevera vacía, la cafetera eléctrica de la cocina, todo le recuerda a su época de estudiante, la fase en la que creía que todo iba a ir bien, porque había conseguido salir de su casa.

En realidad, quien más usa este despacho es Theresa. Como el sueldo de ella es superior al de él, a Henning le parece natural asumir la mayor parte de las tareas domésticas, algo con lo que ella cuenta, a juzgar por los comentarios que ha hecho en alguna ocasión. Por la mañana trabaja en la editorial, luego recoge a Bibbi y a Jonas en la guardería y, a mediodía, prepara la comida, acuesta a la pequeña para que duerma la siesta y, mientras tanto, Jonas y él juegan una hora con el Lego. A continuación, salen un rato al parque. Theresa no suele bajar del ático hasta el final de la tarde. Para entonces, él se ha ido a hacer la compra con los niños o ha comenzado a preparar la cena. Cuando llega el fin de semana, ella se ofrece a quedarse con los pequeños una mañana o una tarde, es su tiempo, pero él suele emplearlo en trabajar o propone hacer algo en familia, agarra la bolsa de pañales de Bibbi y se marchan todos juntos al parque zoológico.

En el fondo se ha acostumbrado a pasar el día entero con los niños. Muchas veces se agobia, porque le desquician... pero, si no fuera por ellos, es muy probable que no supiera qué hacer. Hay demasiadas cosas a las que ha ido renunciando: montar en bicicleta, leer, escuchar música, quedar con sus amigos. Pero este año va a ser distinto. A partir de ahora volverá a montar en bicicleta tres veces por semana, como mínimo, pase lo que pase. No cabe duda de que Theresa le apoyará. Estará encantada de que vuelva a «hacer» algo. Siempre está diciendo que todo es cuestión de «dosificar».

«Hacer» es una palabra importante para Theresa. Al fin y al cabo, «hacer algo» es la base de la realización personal. Ahora bien, «tenemos que volver a hacer algo» puede significar cualquier cosa: proyectar una actividad familiar, proceder con la limpieza de primavera, planificar las vacaciones, organizar una velada en casa con un grupo de amigos, visitar a la familia o elaborar un plan financiero. En los oídos de Henning, la palabra «hacer» suele sonar como una amenaza. Él prefiere el término «funcionar». En cualquier ámbito, en cualquier aspecto de la vida, todo depende de que las cosas funcionen: si algo funciona, no es preciso hacer nada.

Theresa y él funcionan bastante bien como pareja. En su familia, el reparto de tareas funciona adecuadamente. Cuando se trata de cuidar a los niños, Henning funciona lo mejor que puede y, si nos referimos a su trabajo, podríamos decir que funciona a medio gas, pero no a tope, como ocurría antes. Espera volver a montar en bicicleta en un futuro próximo, porque eso le funciona para eliminar el estrés y lo necesita con urgencia. Es uno de sus propósitos de Año Nuevo. El primero. Había decidido empezar a entrenar poco a poco e ir aumentando la intensidad, buscar en Internet algunas rutas de dificultad media, calentar con cuidado y beber mucho líquido, pero, al final, en lo que llevaban de vacaciones, no había salido ni una sola vez. Hoy es el primer día. Ha llegado el momento de demostrarle al nuevo año que va muy en serio.

Le gustaría librarse de su mala conciencia. Aunque Theresa lleva días empeñada en que «haga» algo con la bicicleta que ha alquilado, lo cierto es que se siente mal por dejarla sola con los niños. Cree que está en deuda con ella. Para que fuera justo, debería ofrecerle algo a Theresa, o a la familia. Pero ¿qué más puede hacer si ya pasa todo su tiempo libre con los niños? Si saliera a montar en bicicleta tres veces por semana, terminaría acumulando una deuda que, sumando todas las horas de ausencia, jamás lograría pagar. Intenta convencerse a sí mismo de que esta salida en bicicleta es una especie de premio por su dedicación a la familia, ya que, por regla general, invierte más tiempo que su mujer en las tareas domésticas y en el cuidado de los niños. Pero no puede engañarse: si atiende a los niños es para compensar el esfuerzo que realiza ella en su trabajo, con el que trae a casa más dinero que él. No cabe duda de que están en paz, de que esta excursión debe considerarse como un extra.

Cuando Henning levanta la cabeza, tiene ante sí la sierra de Los Ajaches, con sus aristas de color ocre. Arriba, en el puerto, entre la cumbre de La Atalaya y un monte que se llama Pico Redondo, se esconden dos restaurantes encalados en blanco, como la mayoría de los edificios de aquí, con terrazas que se asoman al abismo y miradores panorámicos que resplandecen bajo sol. Ya casi ha dejado atrás la llanura de El Rubicón. Dentro de unos cuantos kilómetros, la carretera comenzará a atravesar una garganta. A partir de ese punto, el terreno irá empinándose con cada pedalada. Desde su posición, divisa el punto en el que la carretera alcanza por fin la pared de roca. El último tramo, con una brusca pendiente, lo forman dos largas serpentinas que conducen hasta la cumbre. Bajo la deslumbrante luz del sol, la pared de roca tiene un aspecto irreal, como si fuera un portón macizo, cerrado, que surge en medio de un sueño y que nunca se podrá superar con una bicicleta.

Henning aparta la vista. Aún tiene un largo camino por delante antes de iniciar el ascenso. La guía de viaje asegura que los amantes de la bicicleta adoran esta ruta, y eso le invita a pensar que puede lograrlo, aunque es probable que los demás estén mejor preparados y equipados que él. En cualquier caso, no sirve de nada preocuparse antes de tiempo. Para distraerse, se concentra en la línea blanca que marca el límite de la calzada, la sigue con la rueda, que produce un sonido vibrante, y vuelve a recordar la noche anterior.

El viaje de regreso desde Las Olas hasta Puerto del Carmen, a su casa de Playa Blanca, duró tres cuartos de hora. En el coche, los niños iban cantando *Sin aliento*, uno de los temas que habían sonado durante la cena de Nochevieja. Jonas, que no pronunciaba bien, decía *Sigue lento*, pero a Henning y a Theresa les parecía tan gracioso que no le corregían. Sonreían en la oscuridad. Él había apoyado su mano sobre el muslo de Theresa, mientras esta conducía por la isla a través de la noche. La ebriedad que le había proporcionado el champán se había ido desvaneciendo, pero seguía sintiéndose extrañamente liberado, como si se hubiera desprendido de la vida real, de todo lo que le pesaba, y

hubiera encontrado un nicho en el que esconderse de sí mismo.
Por la noche, los volcanes parecen aún más irreales, sombras
negras que se recortan contra un cielo en penumbra, igual que
si uno estuviera recorriendo el decorado de una película fantástica. Tenían la luna a su espalda, pequeña, como si fuera una
uña cortada. A su lado brillaban innumerables estrellas. Era el
último día del año, y Henning pensó que era feliz. Quería a sus
hijos. Quería a su mujer... aunque se hubiera pasado la Nochevieja flirteando con uno de los franceses de la mesa veinticuatro.

Al llegar a casa, metieron a los niños en la cama, se sentaron
en la terraza envueltos en mantas, porque el viento había hecho
descender la temperatura, y se sirvieron dos copas de vino tin-
to, pues habían olvidado comprar champán. Cuando el teléfono
sonó, Theresa volvió la cabeza y entró en la casa. Los dos sabían
que era Luna. En Alemania estaban dando las doce, cambiaban
de año una hora antes que aquí. Henning se alegró de que Luna
se acordase de él justo en ese momento. También era la primera
en felicitarle por su cumpleaños.

—¡Feliz año, grande!

Se notaba que iba bebida. Balbuceaba como si fuera Bibbi.
Aquel detalle le conmovió tanto que casi se le saltaron las lágrimas.

—¡Feliz año, pequeña! ¿Dónde estás?

Era obvio que estaba en una fiesta. Música alta, voces. De
vez en cuando se reía entre dientes y rechazaba a alguien que
quería algo de ella, puede que bailar, lanzar un cohete o tener
sexo.

—En Leipzig, ¿dónde si no? Y vosotros, ¿qué tal el tiempo?

Henning le habló del tiempo, evitando hacer las preguntas que tenía en la punta de la lengua: ¿Quién más está en la

fiesta? ¿Cómo vas a volver a casa? ¿Dónde vas a dormir esta noche? No habían pasado ni dos minutos cuando Theresa regresó con la botella de vino y le rellenó la copa, una manera de indicarle que debía despedirse de Luna y colgar de una vez. Nunca ha podido soportar a Luna. Tienen la misma edad, pero son polos opuestos. Theresa tiene un trabajo, un marido, dos hijos y una vivienda amueblada. Luna no tiene nada de eso, lo que tiene es un trastorno de alimentación y una crisis creativa que le impide escribir. A veces, Henning piensa que Theresa está celosa de ella. Luna tiene algo misterioso, algo fascinante, como si escondiera un oscuro secreto. Es alta, con el cabello moreno, rizado, un poco revuelto, y una voz que convierte cualquier encuentro en la escena de una película de cine.

Luna quiere ser escritora, y se lo cuenta a todo el mundo. Cuando habla sobre ellas, sus historias parecen maravillosas: cuentos modernos, sombríos y seductores, con personajes tristes y giros sorprendentes. Por desgracia, no es capaz de escribir ni una sola línea. A pesar de ello, Henning cree en su talento. Luna siempre sabe lo que los demás están pensando y suele adelantarse a los acontecimientos. Cambia de pareja continuamente. Cambia de piso y de ciudad. Curra en cualquier trabajo eventual hasta que ya no soporta que su empleo le impida escribir. Lo deja y vuelve a enfrentarse a la página en blanco, pero no llega a nada y termina hundida, convencida de que no es una auténtica escritora. Hablan por teléfono con frecuencia. Luna le cuenta el último naufragio que ha sufrido en su vida y Henning le recuerda que tiene que cuidarse más. A veces le pide dinero o que le busque un lugar para dormir. Desde que tienen el apartamento del ático, Henning puede proporcionarle alojamiento durante varios días.

JULI ZEH

Cada vez que su hermana necesita ayuda, Theresa se enfrenta a él. Puede pasarse horas despotricando contra ella. Luna no tiene mala suerte, lo que ocurre es que es una irresponsable y una vaga. Como si fuera una niña pequeña, espera que todo el mundo esté pendiente de ella. ¡Y lo peor es que lo consigue! Mientras la gente cumple con sus responsabilidades, ella prefiere jugar a ser la princesa de cuento. No puede encarar la vida como si fuera una tragedia. No puede vivir a costa de los demás. Nos haría un favor si creciera de una vez.

Cuando habla sobre Luna, Theresa se pone furiosa y clava sus ojos en Henning, como si él tuviera la culpa de cómo es o deja de ser su hermana pequeña. A él también le gustaría que fuera diferente, pero no lo es. Al final, siempre se las apaña para alojarla en el apartamento del ático. Luna es lo único en lo que nunca ha cedido frente a Theresa.

«Puedo entenderla —suele decir Luna, cuando Henning se refiere a los enfados de Theresa—. Piénsalo. Tú y yo. Cuando se trata de nosotros, ella se queda fuera».

Henning sabe perfectamente lo que quiere decir. Tú y yo. Un pacto, una promesa. Su madre siempre estaba atareada. Ya tenía bastante con preocuparse de llevar comida a la mesa y de que la familia tuviera un techo bajo el que cobijarse. No le quedaban fuerzas para más. Era Henning quien se ocupaba de su hermana pequeña. Habían estado unidos desde el principio.

—Tengo que colgar —dijo Henning al teléfono.

Theresa se había sentado a su lado, en la terraza, había llenado las dos copas hasta el borde y miraba a la oscuridad.

—Yo también —dijo Luna.

El ruido de fondo había ido creciendo. Alguien volvió a gritar su nombre.

—Te vuelvo a llamar pronto. Puede ser que baje a visitaros unos días.

—Que vaya bien, pequeña.

—Que vaya bien, grande.

—Recuerdos de parte de Luna —le dijo a Theresa cuando hubo acabado la conversación.

Pasaron un tiempo callados, hasta que Henning se puso a hablar sobre la historia de la isla y luego sobre un autor al que quería fichar para la editorial. Theresa, por su parte, mencionó a un nuevo compañero que empezaría a trabajar en la oficina a principios de año.

Cuando en la isla dieron las doce, se pusieron de pie, alzaron sus copas, brindaron, se abrazaron, se desearon feliz año y, cogidos del brazo, miraron el cielo esperando ver una estrella fugaz que no pasó.

Se metieron en la cama. A Henning le habría gustado hacer el amor con Theresa, pero el recuerdo del francés le enervó. Aquel tipo no formaba parte de la familia que cenaba en la mesa veinticuatro, aquellos niños no eran suyos, lo más probable es que fuera un amigo al que habían invitado a celebrar la Nochevieja. Henning había podido ver a distancia cómo se fijaba en su pecho.

Theresa se dio la vuelta y se apartó de él. Había bebido demasiado, estaba cansada. Él pensó que *eso* aparecería de un momento a otro, pero se quedó dormido. Aunque no por mucho tiempo.

Henning levanta la cabeza. Algo ha cambiado. Un coche pasa rozándole, a toda velocidad, a punto de derribar su bicicleta, pero está demasiado distraído para sobresaltarse. El paisaje sigue siendo el mismo. Apenas se ha aproximado a la montaña. Junto a la carretera, entre las piedras de color negro, crecen unas plantas carnosas, con forma de estrella. De pronto percibe un aroma especiado y un poco dulce. A cierta distancia descubre una casa de ensueño, de cuyos muros penden unas exuberantes buganvillas en todo su esplendor. ¿Es posible que su perfume llegue hasta aquí? Henning olfatea hasta que acaba mareado. Ha llenado demasiado los pulmones y no los ha vaciado de CO_2. Un exceso de CO_2 desata el miedo y eso hace que la persona tome aire compulsivamente. Desde que *eso* le visita, Henning está familiarizado con el círculo vicioso de la hiperventilación. Mientras trata de controlar su respiración, un relámpago sacude su conciencia. Una imagen: el cuarto de baño de su madre.

Tenía por todas partes piedras del tamaño de un puño, redondas, pulidas, de color negro intenso. Por las noches, la madre las decoraba con bichos, cangrejos, peces, caballitos de mar, escorpiones, formados con puntos de colores, un trabajo precioso, al que Henning y Luna no tenían permitido acercarse. Solo podían mirar, pero no tocar. La madre ganaba un poco de dinero extra vendiendo las piedras en mercados de artesanos y, más tarde, en Internet.

Cuando ella no estaba, ellos se colaban en el baño y se ponían a jugar con aquellos tesoros a pesar de la prohibición de su madre. Luego no conseguían colocarlas en el mismo lugar en que las habían encontrado —cuatro piedras junto al lavabo, dos grandes en la ducha y todas las demás repartidas por los rincones—, pero la madre no se enteraba o no quería darse por enterada. El baño era su santuario. De las paredes colgaban cuadros y dibujos infantiles pegados a los azulejos con cinta adhesiva. Al lado del lavabo había un sillón en el que la madre se sentaba para leer o simplemente para mirar al techo cuando no podía más, lo cual sucedía a menudo. Henning no se había preguntado nunca de dónde salían aquellas piedras lisas. Ahora le parece que, por su color negro, podrían proceder de Lanzarote. Pero lo que ha hecho que se estremezca es algo distinto. Es ese aroma. Especiado y dulce. En el cuarto de baño de su madre olía igual. Y sabe muy bien cuál era el origen de la fragancia. No era perfume, no era gel de ducha, sino una crema que venía en un frasco redondo de cristal marrón. Algunas veces, cuando echaba de menos a su madre, Luna desenroscaba la tapa y lo olía. Es como si Henning estuviera viendo la etiqueta, orlada por un ribete rojo, con la inscripción: «La belleza atlántica». En aquel entonces, las palabras le parecían misteriosas, como si fueran el nombre de una isla de piratas o de una galaxia lejana. Junto al rótulo había un minúsculo dibujo, una planta carnosa con hojas en forma de estrella. En el borde inferior se podía leer: «Hecho en Canarias».

Henning se concentra en respirar, espirar, espirar, espirar, inspirar, tensa los músculos del vientre y expulsa todo el aire de sus pulmones. Sería mejor que pensara en algo distinto.

Uno, dos, uno, dos.

La necesidad de controlar sus propios pensamientos es casi lo peor de *eso*. Henning ni siquiera sabe si la higiene mental sirve de algo. Cuando intenta sacar de su cabeza las ideas que no le convienen, se siente como un ciervo al tratar de huir de un depredador que le persigue sin tregua. En realidad, *eso* se presenta con cualquier excusa. El cuarto de baño de su madre es un buen ejemplo. Una mujer agotada, desesperada, por culpa de Luna y de Henning, responsables de su sufrimiento por el mero hecho de estar vivos, aunque fuera la persona que más querían en el mundo. *Eso* está al acecho.

Piensa en Bibbi y en Jonas, visualiza sus lindas caritas, pero luego se le ocurre que pueden enfermar o sufrir un accidente en cualquier momento y que entonces todo se vendría abajo. *Eso* levanta el hocico y empieza a seguir su rastro. Piensa en su trabajo, en el que encuentra tantas satisfacciones. Le gusta su profesión, siempre la ha desempeñado con agrado hasta que llegaron los niños. Ahora, en cambio, ve una montaña de trabajo que va creciendo poco a poco, obligaciones que va retrasando, porque, a pesar de las horas que dedica por las noches, nunca llega a tiempo, nunca logra ponerse al día, siempre va un paso por detrás. Demasiados correos electrónicos en la bandeja de entrada, demasiados manuscritos sobre el escritorio, demasiadas reuniones con el editor, que consumen el escaso tiempo del que dispone. Y, cuando vuelvan de las vacaciones, será mucho peor. Al retraso que acumulaba, tendra que sumarle dos semanas más. No va a poder recuperarlas nunca. *Eso* tensa los músculos.

Tampoco es buena idea pensar en todo lo que debería hacer o quiere hacer: montar más en bicicleta, llamar a su madre con más frecuencia, releer una novela, ordenar de una vez el cuarto trastero, donde ya no cabe ni un alfiler. *Eso* se dispone a saltar.

Ni siquiera le ayuda considerar que objetivamente no le va nada mal, más bien al contrario. Si otras personas que lo tienen peor se las apañan mejor, es porque Henning no está haciendo lo que debe; tal vez carece de alguna habilidad que el resto de la gente posee, y ni siquiera sabe cuál es.

A veces piensa que su vida no tiene sentido. Quizá, al margen de este mundo, exista otro en el que las cosas cobren un significado. Observa a los niños y cree percibir en ellos un poso de maldad, algo diabólico, demoníaco, una mueca sarcástica, enajenada, que se oculta detrás de sus gestos inocentes. Puede que un día desaparezcan de repente, sin dejar huella, en un segundo, como si no hubieran existido jamás. Theresa no se acordaría de nada y, cuando Henning preguntase desesperado por sus hijos, creería que su marido se había vuelto loco. *Eso* se abate sobre su presa.

Uno, dos, uno, dos.

Henning aumenta el ritmo, pedalea con más fuerza, pero se obliga a respirar despacio.

Cuando *eso* apareció por primera vez hace apenas dos años, pensó que se trataba de una indigestión o de una infección. Recuerda el día exacto. El 2 de febrero de 2016. Bibbi tenía tres meses y lloraba mucho, sobre todo por las noches. A Jonas le había dado por no querer ir a la guardería y cada mañana montaba unas escenas espantosas. En el trabajo, Henning tenía problemas con un autor que no había entregado su libro, aunque ya estaba anunciado en el programa de la editorial. Theresa estaba de baja por maternidad, y lo estaba pasando mal porque dar el pecho la estresaba.

Por la tarde, cuando Bibbi se había dormido y Theresa se iba a nadar con Jonas, Henning podía gozar por fin de unos minutos de tranquilidad. Se echaba en el sofá cama de la sala de estar y disfrutaba de cada segundo en el que nadie se quejaba o chillaba, pero, al mismo tiempo, le destrozaba los nervios saber que, antes o después, alguien vendría a turbar su paz. Sentía la imperiosa necesidad de relajarse, aunque fuera media hora, echar una cabezada; desde lo más hondo de su ser se elevaba un único clamor: ¡no puedo más! Pero, cuanto más empeño ponía en tranquilizarse, más rápido latía su corazón. Notaba una sensación rara en el estómago, como si fuera a pasar algo emocionante, como intervenir en un acto público, asistir a una reunión complicada con un autor o tomar un vuelo. Henning pensó que aquel runrún que sentía en las entrañas era una señal de que iba a caer enfermo. No era de extrañar, con todo lo que tenía encima. Lo único que faltaba. Alguna jodida infección que hubiera traído de la jodida guardería. Salió corriendo al retrete. Entró en el cuarto de baño enfadado consigo mismo, porque su sistema inmunitario fallaba, porque no soportaba la presión, porque no conseguía ganar lo suficiente para darles a su mujer y a los niños la vida que se merecían. Temía que la gastroenteritis le dejase fuera de combate. Ya se veía en la cama, mientras Theresa tenía que encargarse de todo. Su enfado crecía. Jonas y Bibbi se pasarían horas chillando y refunfuñando y, al final, toda la familia se contagiaría y no quedaría nadie que pudiera retirar los vómitos, hacer las camas e ir a la farmacia.

Regresó del lavabo y se sentó en el sofá cama. Le habría gustado prepararse un té, pero se sentía demasiado débil. Al recostarse, empezaron a zumbarle los oídos. Pensó que podían ser acúfenos, un pitido que no desaparecería jamás, y un escalofrío de miedo, el primero, recorrió su cuerpo. Empezó a notar hormigueo en los brazos. Era como si pasara de un frío extremo a un calor insoportable. Tenía la boca seca y un nudo en la garganta que le impedía tragar. Le faltaba el aire. Se levantó de un salto y abrió una ventana.

Entonces comenzaron los ataques. Su corazón se ponía a palpitar como loco; luego, de repente, se paraba, daba un salto y volvía a latir a un ritmo endiablado para detenerse otra vez. Henning no sabía lo que le ocurría. Solo sabía que debía arreglarlo de inmediato, porque no lo soportaba. Corrió en círculos por el cuarto de estar, se tiró de los pelos, se golpeó la cabeza con las palmas de las manos. En cierto momento, su corazón recuperó su ritmo normal y consiguió introducir aire en sus pulmones. Bibbi empezó a llorar. Agradecido por la distracción, cogió al bebé en brazos lo paseó por la casa, canturreando para tranquilizarle y, sobre todo, para tranquilizarse.

No habló con Theresa de aquel episodio. Visitó a un cardiólogo. Este le hizo un electrocardiograma y un ecocardiograma. Todo estaba en orden. Muchas veces, las arritmias se presentan de forma espontánea, la mayoría de las personas ni siquiera las notan. Las causas son muy variadas: predisposición, estrés, indigestiones. Si las pruebas no muestran nada anormal, no hay motivo para preocuparse. Envió a Henning a casa y le recomendó que disfrutase de la vida y, si podía, que redujera su nivel de estrés.

Era el peor diagnóstico posible. Si no estaba enfermo, tampoco podía hacer nada para curarse.

Desde entonces, *eso* le visita cuando le apetece. Comienza con una sensación extraña a la altura del diafragma, una mezcla de pánico escénico y miedo a volar. Su corazón empieza a acelerarse y luego se detiene. Y pierde el control sobre su cuerpo y su mente. A veces, *eso* se presenta en medio de la noche. Despierta del sueño, nota que le falta el aire y tiene que ir corriendo al lavabo. Se pondría a gritar, empezaría a darse cabezazos contra la pared, pero no lo hace para no despertar a nadie. En su lugar, recorre el pasillo, el cuarto de estar y la cocina hasta que su corazón se calma. *Eso* le concede una tregua, media hora de alivio. Henning puede darse por satisfecho: ha sobrevivido una vez más. Cuando supera un ataque, ya está temblando de miedo por el siguiente. La angustia le impide pensar con claridad. Para él, la vida se ha convertido en una sucesión de días malos o muy malos, con algunos momentos regulares. El buen tiempo o los éxitos profesionales no consiguen elevar su ánimo. Todo es fachada, todo es decorado. A veces contempla a Theresa o a los niños; sabe que los quiere, pero no siente nada. De hecho, los niños contribuyen a aumentar su ansiedad. Su fragilidad, sus necesidades, sus demandas. La idea de acabar en una institución psiquiátrica y no poder ocuparse de ellos le perturba. Lo peor es que ni siquiera se imagina cómo sería recuperar la paz interior, la que tenía antes, estar a solas consigo mismo, unos minutos, unas horas, sin temor, a resguardo de cualquier amenaza.

Es curioso que nadie note nada extraño. Los demás hablan con él con absoluta normalidad, le miran a los ojos, le hacen preguntas, cuentan chistes y esperan que se ría. Mientras tanto, por dentro, solo se preocupa de evitar los pensamientos negativos, de no despertar a *eso*, de controlar la respiración. A pesar de todo, el miedo a los ataques no le impide funcionar en el día a día, aunque su existencia sea un infierno. Se encuentra aislado, encerrado en su purgatorio personal.

Con el paso de los meses quedó claro que *eso* no iba a desaparecer sin más. Henning lo probó todo. Aceptar a *eso*. No enfrentarse a *eso*. Entrenamiento autógeno. Relajación muscular progresiva. Nada de alcohol, nada de carbohidratos, nada de sacarina. Pero *eso* seguía allí. Al final decidió hablarlo con Theresa. Ella apuntó a un posible síndrome de *burnout* y le aconsejó ir al psicólogo.

Él no quiere ir al psicólogo. Si en cuanto piensa en el cardiólogo, *eso* levanta la cabeza. Ha preferido consultar en Internet: estrés postraumático, ansiedad, depresión, fatiga. Todo lo que lee parece cuadrar con sus síntomas, pero, por otro lado, podría aplicarse a cualquier persona de su entorno: Theresa, sus compañeros, Luna, su madre. Visitó páginas web especializadas con información sobre los ataques de pánico o el trastorno de ansiedad generalizada. Se reconoce en casi todo lo que describen, refieren exactamente lo que él experimenta. El problema es que no tiene sentido que estas patologías se manifiesten en alguien con su perfil. Es obvio que las cosas le van bien. Mucho mejor que a la mayoría de la gente. No hay razón para que sufra estrés postraumático. Tiene un matrimonio casi perfecto, dos hijos sanos, una casa preciosa con una oficina en el ático, y no puede decir que pasen apuros económicos. Se marchan de vacaciones al menos una vez al año. Incluso le gusta su trabajo. Ahora, Bibbi ya es más autónoma, Jonas se ha habituado a su hermana pequeña, los dos van a la guardería y no enferman con más frecuencia que el resto de los niños. Tal vez sean un poco más pesados de lo normal, pero Henning y Theresa están convencidos de que este detalle revela una inteligencia por encima de la media.

No existe ninguna razón que explique los ataques de *eso*. No están justificados. *Eso* y Henning no tienen nada que ver. Pero es un hecho que habita en su interior. Es un animal, un parásito, un alien que en cualquier momento puede atravesar su pared abdominal. En otros tiempos estarían hablando de un demonio; puede que le hubieran realizado un exorcismo. Montar en bicicleta le hace bien. Es como si la ansiedad pasara de su vientre a sus piernas para consumirse allí. Su corazón late a buen ritmo. *Eso* se ha retirado, se ha echado de nuevo a dormir. Le gustaría seguir subido en esa bicicleta el resto de su vida, le permite sentirse como una persona normal: un hombre de vacaciones, pedaleando, luchando contra el viento, disfrutando de un paisaje magnífico, primitivo, anterior a la humanidad, una salida de Año Nuevo a través de una comarca sin pasado.

Otro coche pasa a su lado a toda velocidad. Deja tras de sí un aroma dulce a colonia barata. El siguiente huele a loción para después del afeitado. Un tercero apesta a tabaco, otro a sudor. Hasta ese día, Henning no se había fijado en el olor que acompaña a los coches que pasan. Es como si esa planta con forma de estrella hubiera desbloqueado algo dentro de él, un canal entre la nariz y el cerebro que le permite entrar en contacto con el mundo.

Hasta él llega también el tufo de un rebaño de cabras moteadas antes incluso de llegar a verlo. Los apacibles animales avanzan poco a poco por encima de los cantos rodados, vigilados por perros, mordisqueando brotes secos que nadie diría que fueran comestibles. Algunas cabras están preñadas y parecen más anchas que largas. El vientre les sobresale por los lados y, al caminar, se bambolea de un lado a otro, como un fardo de equipaje desproporcionado.

Justo cuando iba a dirigir su vista hacia otra parte, Henning repara en el pastor. Su vestimenta oscura se funde con el entorno. Está alejado de la carretera, en medio del rebaño.

Destaca sobre los animales como un poste sobre un campo desierto. Lleva una gorra deslucida y un pañuelo que le cubre la cara y solo deja ver los ojos. Henning piensa que es una buena solución para protegerse del polvo y del viento, aunque quede ridículo. El hombre le observa. A esa distancia, no puede distinguirle bien, pero el tipo se ha girado hacia él y no se mueve, a pesar de que el rebaño que cuida sigue su camino. Henning se aleja de allí pedaleando con ímpetu para vencer la fuerza del viento y ascender por la pendiente, mientras el pastor le sigue con la mirada. El hombre se da la vuelta sin mover las piernas, como si fuera un muñeco del tren de la bruja. No es lo único que llama su atención. El rebaño no hace el menor ruido. No se escucha ni el balido de las cabras, ni el ladrido de los perros. Puede que se deba a la dirección en la que sopla el viento. Cuando vuelve la cabeza atrás después de haber recorrido medio kilómetro, el pastor sigue allí, sin sus cabras, que han seguido adelante con los perros.

Henning recuerda la cena del día anterior en Las Olas. Acabó a las nueve menos veinte. Los camareros retiraron los platos. Ya hacía mucho que habían dejado de pasar a rellenar las copas. Dentro de poco invitarían a los comensales del primer turno a abandonar la sala para preparar el servicio del segundo. En ese momento volvieron a poner música. Aunque no dijo nada, reconoció una de sus canciones favoritas: «Ai se eu te pego», un éxito que se había hecho muy popular en veranos pasados. A Henning le daba un poco de vergüenza reconocer cuánto le gustaba aquella canción, que tenía un ritmo pegadizo e incitante. La primera vez que la escuchó, entró de inmediato en YouTube para ver el vídeo. El cantante estaba sobre el escenario de un club más bien pequeño. Se divertía igual que un niño. Era como si estuviera cantando y bailando con la música que se escucha en la radio, imitando los movimientos que hacen las grandes estrellas. «Ai se eu te pego». ¡Ay, como te dé...! De un modo u otro estaba hablando de sexo. Un tema interpretado por un muchachito, apenas un hombre, que se desenvolvía con una aparente inocencia, jaleado por un público femenino que se lo comía con los ojos.

Era aquel público el que hacía que Henning no pudiera dejar de ver el vídeo. Estaba formado casi exclusivamente por mujeres, pero no por cualquier tipo de mujer. Justo delante del escenario bailaba un grupo de reinas de la belleza, blancas y negras, esbeltas y exuberantes, dulces y seductoras, sencillas y sofisticadas. No solo eran hermosas, sino que parecían cercanas y simpáticas, jóvenes como cualquier otra, aunque con cara y cuerpos de princesas. No se cansaba de mirarlas. Derrochaban alegría, disfrutaban del concierto, bailaban con inocencia y lanzaban besos al cantante con la mano. ¡Ay, como te dé...!

¡Era increíble que en ese club, que podía encontrarse en cualquier rincón del mundo, tal vez en Lisboa, se reunieran por casualidad tantas mujeres hermosas!

Henning pasó días obsesionado con la canción. No podía quitársela de la cabeza. Incluso cuando estaba en el trabajo, se ponía el vídeo una y otra vez. Hasta que le dio por pensar que el público había sido seleccionado en un *casting*. Puede que no al completo, pero sí las diez primeras filas. Aquellas mujeres no habían acudido a un concierto. Estaban trabajando. Eran modelos. Respondían a un canon de belleza. Es probable que procedieran de diferentes partes de Europa. No lograba comprender cómo había tardado tanto tiempo en darse cuenta. El descubrimiento le tranquilizó y, a la vez, le decepcionó.

Al escuchar los primeros compases en Las Olas empezó a sonreír inconscientemente. «Sabado na balada». Los niños aparecieron de pronto, le cogieron de las manos y empezaron a tirar de él. Querían ir a la pista de baile, que no era más que un espacio que habían dejado libre entre las mesas. Unos cuantos turistas habían empezado a moverse al ritmo de la música, dando palmas y armando jaleo.

Henning no tenía ganas de hacer el ridículo, pero se alegró de que los niños vinieran a por él. Por lo general, si quieren algo, van a buscar a Theresa. Cuando se han hecho daño, cuando están enfermos o cansados, cuando tienen hambre, cuando quieren una caricia, cuando no encuentran lo que necesitan o cuando no saben seguir con un juego, acuden a su madre, y ella les dice: «Ahí está vuestro padre, que también tiene pies y manos, ¿por qué no le preguntáis a él?»; y fulmina a Henning con la mirada, como si fuera culpa suya que los niños prefieran recurrir ella.

Hace años, Henning apostó por la publicación de un libro sobre psicología infantil, cuyo éxito sigue abonando su prestigio hasta el día de hoy. Se llama *El yo que construimos* y explica que los niños se sienten presionados por su entorno, es decir, por sus padres, para que cumplan determinados roles que acaban asumiendo como propios y son los que luego desempeñan durante toda la vida.

Cuando trabajaba en el texto, aún no tenía hijos. Tampoco el autor los tenía, un detalle que no despertó su desconfianza ni la del editor; al fin y al cabo, había estudiado neurofisiología y sociología. Con el tiempo, las cifras de ventas les darían la razón.

Hoy, él sabe bien que ese libro es una completa estupidez. Los niños son lo que son. Desde su más tierna infancia, Jonas juega con excavadoras, y Bibbi, con muñecas, aunque ni Henning ni Theresa responden a los roles tradicionales definidos por el género. Y, por supuesto, cuando las cosas pintan mal, llaman a gritos a su mamá. A Bibbi y a Jonas les trae sin cuidado la emancipación de la mujer. Quieren a su mamá porque es su mamá. El destino de los hombres como Henning es convertirse en víctimas de libros como *El yo que construimos*. Si el comportamiento de los padres determina el carácter de los niños, él es el único responsable de que los pequeños agobien a Theresa reclamando su atención. Por eso se la ve crispada, tanto que algunos días parece a punto de estallar, porque detrás de las demandas de sus hijos ve su desinterés por ejercer de padre.

En realidad, lo está deseando. Nada le haría más feliz. Al menos eso cree. No es culpa suya que los niños la prefieran a ella.

Sin embargo, ayer por la noche, fueron a buscarle *a él* y lo sacaron a la pista de baile, y él los acompañó encantado. Se agachó, cogió sus manitas y se dejó llevar de un lado a otro, al ritmo de sus movimientos desacompasados. Otros niños hicieron lo mismo con sus padres. Cuando llegó el estribillo, Henning se animó a cantar: «Ai se eu te pego, ai se eu te pego». Bibbi puso unos ojos como platos cuando escuchó las palabras que salían de la boca de su padre en un idioma que desconocía. Él la levantó en brazos y giró con ella en remolino. Luego hizo lo mismo con Jonas. Gritaban de alegría, era divertido.

Hasta que vio a una parejita que bailaba a su lado. Tardó unos segundos en reconocer a Theresa. Al principio solo veía a un hombre y a una mujer cuyos cuerpos encajaban como piezas de un puzle. Un ser con dos cabezas y cuatro piernas.

Ella rodeaba con su pierna izquierda la pierna derecha de él, extendiendo sus brazos como si se tratase de un tango. El resto de la gente se apartó y la pareja pasó a ocupar el centro de la pista. Se compenetraban a la perfección, como si llevaran ensayando media vida para ese momento. Al parecer, «Ai se eu te pego» era la música de baile ideal. Las demás parejas se quedaron paradas. Miraban y aplaudían. Les cedieron todo el protagonismo. El francés sostenía a Theresa con firmeza, daba la sensación de que no fuera a soltarla jamás. Después la apartó de sí de repente, la invitó a que pasara por debajo de su brazo haciéndola girar sobre su propio eje y volvió a estrecharla contra su cuerpo. Ella echó la cabeza hacia atrás y soltó una carcajada que pudo oírse por encima de la música.

Henning y los niños también se quedaron parados. Jonas preguntó:

—¿Quién es ese señor?

Bibbi parecía contener las lágrimas. Su rostro descompuesto hizo comprender a Henning lo que estaba a punto de suceder. No sentía nada. No estaba ni celoso ni enfadado. Era como si algo dentro de él hubiera muerto. Acababa de abrirse una brecha y un viento frío se filtraba por ella. Luego se cerró. Henning y los niños volvieron a la mesa veintisiete, antes de que la canción terminara. Aprovechó para ir recogiendo las cosas y se despidió de Katrin y Karlchen:

—Ha sido divertido —dijo.

Theresa regresó y se sentó a su lado. Estaba un poco sudada y no dejaba de reírse.

—Sabe bailar —comentó mientras se despedía con la mano de Katrin y Karlchen antes de que abandonaran el comedor.

Uno, dos, uno, dos.

La siguiente vez que levanta la vista, la pared de roca está mucho más cerca. Ha avanzado un buen trecho, teniendo en cuenta el tiempo que ha invertido y la velocidad que lleva. Es como si un gigante al que le apeteciera gastarle una broma hubiese acercado la montaña cuando él no miraba. Tal vez no sea más que una ilusión óptica provocada por la luz. Está a punto de entrar en la garganta. Unos kilómetros más y empezará la ascensión al puerto. A Henning le entra miedo. No es otra de sus neurosis, es auténtico miedo. Miedo a la montaña, un reto no exento de peligros al que va a enfrentarse sin saber si saldrá victorioso.

La carretera se vuelve cada vez más empinada. Las plantas con forma de estrella han desaparecido. Los cantos rodados han dado paso a un sustrato de roca. Cambia de marcha. Se había propuesto reservar las más cortas para el final, ya que siempre se agradece contar con cierto margen cuando más se acusa el esfuerzo, pero debe reducir de inmediato si no quiere caerse. Elige el plato delantero. Ocho, siete, seis, cinco. El cuatro le permite volver a pedalear con normalidad. Su ritmo se ha ralentizado. Avanza al paso. Igual que si fuera a pie.

La velocidad no importa. Lo que importa es lograrlo. Sus piernas necesitan un descanso, aunque él no tuviera pensado descansar hasta que comenzase la última subida. Ojalá no soplase viento... Si no fuera por el viento, no habría problema. Tiene la boca seca y la garganta áspera. Cada vez que coge aire nota una punzada en el cuello. No se puede creer que no haya traído agua. El calzado tampoco es el más adecuado. Los dedos de los pies le duelen como si le estuvieran golpeando con un martillo. Las rozaduras de los muslos ya ni las siente.

Es cuestión de no perder la calma. Eso es lo que piensa. No bloquearse, no enfadarse, concentrarse en los dos metros que tiene por delante. Pedalear con paciencia, sabiendo que es capaz, que puede cubrir un metro más y que, metro a metro, llegará a la cima. Inspirar, espirar, espirar. Inspirar, espirar, espirar. Respira más rápido. Inspira una vez, espira dos. Procura vaciar los pulmones del todo antes de volver a coger aire. Al aumentar el ritmo, espira con más fuerza y el aire silba entre sus dientes. Tiene que pensar en otra cosa. No en la montaña.

Theresa y él se sentaron un rato en la terraza de la casa, brindaron por el año nuevo y luego pasaron por el cuarto de baño antes de acostarse. ¿Quién se atreve a trasnochar cuando los niños van a estar en pie a las seis de la mañana? Mientras se lavaba los dientes, ella empezó a hablar sobre el francés. Henning no entendió por qué. ¿Para atormentarle? ¿O es que disfrutaba rememorando aquel flirteo, pensando que no le importaría? Hablaba con él como si se tratase de cualquiera de sus conocidos. No era más que un oyente con el que revivir su aventura.

Desde que se había acercado a la mesa veinticuatro, el francés solo tenía ojos para ella. Estaba claro que no encajaba en aquel lugar, no hablaba con nadie, se limitaba a mirar a Theresa, como si no hubiera otra persona en la sala. En cierto momento comentó que tenía unos ojos preciosos, brillantes como estrellas, y ella replicó que los suyos parecían más bien un aparato de rayos x. Ambos se echaron a reír hasta que se les saltaron las lágrimas. Después de romper el hielo, mantuvieron una amigable conversación. En francés, por supuesto. No es que ella domine el francés, pero compensa sus carencias con una apabullante confianza en sí misma. En su opinión, para comunicarse con otra persona lo único que hace falta es tener voluntad, sobre todo dentro de Europa. Utiliza todos los extranjerismos que puede, añade algunas terminaciones y pronuncia imitando el acento del idioma en cuestión. Lo mejor es que le funciona. Incluso los españoles de Lanzarote la entienden. A él, en cambio, le da miedo que no le comprendan. Cuando viajan al extranjero se siente torpe, ridículo, prefiere no tener que hablar inglés. Theresa se lanza de cabeza, habla con cualquiera y luego le reprocha que sea ella quien tiene que ocuparse de todo.

A partir de aquel instante comprendió cuáles eran las verdaderas intenciones del francés. No se trataba de sexo, no, quería bailar con ella. A ella le divertía darle esquinazo una y otra vez. El francés había estado persiguiéndola durante toda la velada con miradas, gestos y palabras. Cada vez que se acercaba a la mesa para echar un ojo a los niños, él hacía todo lo posible para iniciar una conversación.

—Ha estado detrás de mí toda la noche —dijo Theresa riéndose.

—Y al final se ha salido con la suya.

—Ha sido fabuloso —añadió ella, escupiendo después la pasta de dientes en el lavabo—. La canción me ha parecido fantástica, y nos hemos compenetrado a la perfección. Nunca había vivido algo así.

—¿Por qué me cuentas todo esto?

—Porque eres mi marido. Porque no te quiero ocultar nada.

Henning no sabía muy bien a qué se refería. Solo sabía que *eso* había comenzado a agitarse de nuevo. Una vez en la cama apoyó una mano sobre la cadera de Theresa, pero ella se dio la vuelta y se apartó de él.

Estaba cansada, había bebido demasiado.

El viento arrecia. Sopla de frente. Sin tregua. Se ha convertido en su principal adversario, peor aún que la pendiente. Cuando piensa que va a amainar, una nueva ráfaga que le paraliza durante unos segundos está a punto de derribarle. Tiene la vista fija en la rueda delantera y en la calzada. Se concentra en sus piernas. Vigila su cuerpo. Exige a cada uno de sus músculos que se tense, que no se acalambre. Sabe qué partes son imprescindibles para seguir avanzando y cuáles puede relajar. Pedalea tres veces seguidas con la pierna izquierda y, a continuación, hace lo mismo con la derecha para dar descanso a una y a otra sucesivamente. El viento le empuja hacia atrás como si fuera una persona de carne y hueso que quisiera evitar a cualquier precio que él ascendiera esta montaña.

Pasó una noche espantosa. En los últimos dos años, ha vivido un montón de noches espantosas, pero esta se situaría en los primeros puestos. *Eso* le despertó a las dos de la madrugada. Fue lo peor, porque había empezado a sentirse seguro. Se había comportado como un ingenuo dando por sentado que allí, en Lanzarote, estaba a salvo.

Henning se había informado en Internet y sabía que un ataque de ansiedad no puede causar la muerte. Da igual lo que uno sienta, da igual lo violento que sea. El cuerpo se encuentra bajo una especie de estado de excepción y no sufre daños permanentes. Pero saber esto no le ayudaba en absoluto. Él estaba convencido de que no sobreviviría a aquella noche. Lo que hacía su corazón no tenía nada que ver con las arritmias. Era más bien como un ataque epiléptico. Se puso a caminar en círculos por el pequeño jardín de la casa, bajo un cielo majestuoso sobre el que se dibujaban los trazos temblorosos y radiantes de las estrellas fugaces que Theresa y él habían estado esperando en vano. Lanzó un grito mudo hacia el universo para que le ayudara. Necesitaba abrir su pecho y arrancar de él lo que le atormentaba. Podía haber llamado a urgencias, pero sabía que, si iba al hospital, los médicos no encontrarían nada. Cuando su corazón volvió a la normalidad, se dejó caer de rodillas sobre las piedrecitas negras y lloró de alegría.

Se había metido de nuevo en la cama y, contra lo que él esperaba, volvió a quedarse dormido en torno a las cinco de la mañana. Poco más tarde le despertó el móvil de Theresa. Eran los padres de ella. Querían desearle un feliz año y no habían tenido en cuenta la diferencia horaria. Con los ojos cerrados, echado sobre su espalda, la escuchó refunfuñar. Pudo seguir la conversación. Rolf y Marlies tienen la costumbre de hablar por teléfono demasiado alto, como si tuvieran que salvar la distancia que los separa de su hija elevando la voz. A veces se sientan los dos delante del móvil y activan el manos libres con la ilusión propia de quienes se han sumado a la tecnología no hace mucho y acaban de descubrir uno de los muchos secretos que encierra su móvil. También disponen de una dirección de correo electrónico común, RoMA4952@web.de. Se sienten muy orgullosos de que las iniciales formen el nombre de la ciudad en la que residen desde hace años.

«El viento es un martirio —mascullaba Theresa por teléfono—. Así no se puede salir con los niños. Está claro que la casita es muy mona, pero me resulta un poco pequeña. Y el paisaje, bueno, es impresionante, pero tardas un tiempo en acostumbrarte a él».

Cuando habla por teléfono con sus padres, aparca su desbordante optimismo. No les cuenta todo lo que «hace», no ve el lado positivo de las cosas, se queja por cualquier motivo.

Cuando Henning telefonea a su madre es para contarle lo bien que le va en el trabajo, lo feliz que se siente con su familia y con Theresa o lo que está disfrutando de las vacaciones. Todo debe «funcionar» a la perfección. Su madre no tendrá que volver a preocuparse por él jamás, y mucho menos cuando hablan por teléfono.

Rolf y Marlies preguntaron qué tal habían pasado las fiestas y luego describieron el ambiente que había en las calles de Roma, sobre todo en la Piazza Trilussa, que queda muy cerca de su apartamento. Theresa, contrariada, respondió que, cuando había que tirar de dos niños pequeños, no había manera de celebrar nada. Henning abrió los ojos y se fijo en el gesto sombrío de su mujer. Agradecía que Rolf y Marlies hubieran llamado. Estar echado allí, mientras ella hablaba por teléfono, le devolvía de una vez por todas a la normalidad. Por otra parte, siempre habían coincidido en que Rolf y Marlies podían poner de los nervios a cualquiera.

Como en otras ocasiones, ellos manifestaron su pesar y empezaron hacer propuestas para reconducir la situación. Si hacía viento, podían visitar algún museo que mereciera la pena. Seguro que encontraban a alguna mujer que cuidara de los niños, para que ellos pudieran salir a divertirse un rato. En cuanto al espacio, siempre cabía la posibilidad de alquilar la casa de al lado, y así estarían más anchos. Cuanto más absurdas eran las propuestas, más furiosa se ponía Theresa. Al cabo de diez minutos dijo: «Bueno, adiós», y colgó.

Se quedaron un buen rato en la cama, criticando a los padres de Theresa por su egocentrismo, su desconocimiento del mundo y su falta de tacto. Estaba bien que los dos despotricasen contra Rolf y Marlies. Era una mañana normal y corriente, como si la noche anterior no hubiera sucedido nada fuera de lo común. Entonces, Jonas apareció en el dormitorio y Bibbi empezó a llamar desde su cuna. Cuando Henning fue a levantarse, le fallaron las piernas y tuvo que sentarse un minuto en el borde de la cama.

—¿Qué te ocurre? —preguntó Theresa.

—Estoy algo mareado —respondió él.

La bicicleta no tiene manillar de carretera y, por eso, va a necesitar toda la fuerza de su espalda y de sus brazos. Para reducir la resistencia que ofrece al viento, se inclina sobre el cuadro, apoya los hombros y agarra con ambas manos la varilla de dirección. Es incómodo, pero efectivo. Nuevos grupos de músculos entran en acción, el empuje del viento cede un poco. Henning ha vuelto su rostro hacia el asfalto. Observa la superficie porosa de la calzada. El viento arrastra algunas piedrecitas pendiente abajo. De vez en cuando se levantan remolinos de polvo. Una hormiga cruza de un lado a otro de la carretera. Una lagartija se libra en el último segundo de ser aplastada por la rueda delantera. Su lomo tiene un brillo verdoso, parece una versión en miniatura de algún reptil de las Galápagos. Se aleja medio metro y se detiene como si estuviera segura de que alguien como Henning sería incapaz de hacerle daño.

Para seguir avanzando en línea recta, se guía por el borde de la calzada. En esa posición no ve la montaña. Se alegra. Al no tenerla a la vista, solo cuenta el instante. Lo que importa es continuar, aunque sea lento. Encuentra un nuevo ritmo. Inspirar, espirar-espirar. Inspirar, espirar-espirar. Bajar de marcha ha funcionado. Ahora le resulta más fácil mantener el equilibrio. También ha conseguido liberar su pensamiento. Rolf y Marlies. Un buen tema. Se le pueden dar muchas vueltas sin necesidad de entrar en terreno pantanoso.

Les gusta ir a Gotinga una o dos veces al año para «cuidar» de sus nietos, como dicen ellos. Hay que ir a recogerlos al aeropuerto de Hannover. Nada más llegar, se quedan de pie en la cocina, porque están demasiado emocionados para sentarse. Hablan sobre los regalos que han traído, sin tener en cuenta los gustos de los niños. Un cochecito de hojalata y un peluche de una tienda de artesanía de Roma que a ellos les parece encantadora. Están tan pagados de sí mismos que ni siquiera se dan cuenta de que no son los juguetes que esperan sus nietos. No se sientan a la mesa hasta que les sirven café y unos pasteles. Mientras comen, no paran de hablar, casi siempre entre sí, como si hiciera una eternidad que no se ven. Rolf recuerda a Marlies la suerte que tuvieron el día en que compraron el apartamento de Roma y Marlies le pregunta a Rolf si está de acuerdo en que los artesanos de Roma no están a la altura de los alemanes. Se retan el uno al otro, se corrigen, utilizan a Theresa y a Henning como público para escenificar una conversación que a ellos les parece extraordinariamente interesante y divertida, ignorando a Jonas y a Bibbi hasta que estos empiezan a lloriquear. Entonces, Rolf y Marlies intercambian una mirada que lo dice todo. En realidad, ni siquiera es una mirada, se limitan a alzar las cejas, inclinan la cabeza un poco, bajan la vista hacia el plato y resoplan. No es cuestión de juzgar la educación que reciben sus nietos, pero parece que Theresa y Henning lo hacen todo mal.

Luego, Henning saca a los niños de la cocina, se los lleva a la sala de estar, busca el Lego y se pone a jugar con ellos, para que Theresa pueda hablar con sus padres. En los días siguientes organizan un programa de actividades para que Rolf y Marlies disfruten de sus nietos: parque de juegos, parque municipal, parque zoológico. Preparan meriendas y tratan de reservar un tiempo para que Bibbi duerma la siesta. Consuelan a Jonas, que se siente frustrado al buscar sin éxito la atención de sus abuelos. De vez en cuando, Rolf se dirige a los niños. En el zoo, por ejemplo, se aproxima con Jonas al cercado de uno de los animales, extiende el brazo para señalarlo y suelta un discurso sobre el gamo persa. En ese instante, Marlies saca el móvil y fotografía a un abuelo radiante de felicidad.

Henning sabe que imprimen las imágenes, las enmarcan y las colocan sobre la cómoda, en su apartamento de Roma. Les gusta ver las fotos, presumen de la excelente relación que mantienen con sus nietos. Pensar en ello le pone furioso.

Al cabo de unos días, cuando se suben al coche y los llevan de nuevo al aeropuerto, comentan lo bien que lo han pasado haciendo cosas en familia y lo contentos que están por poder apoyar a Theresa y a Henning de este modo. A pesar de ello, siempre terminan dando unos cuantos consejos sobre educación. Están demasiado pendientes de los niños. Se complican demasiado la vida. Un horario de comidas regular, límites claros. Así se crían casi solos.

Lo que más le molesta a Henning es que tal vez Rolf y Marlies tengan razón. Desde bien pequeña, ellos dejaron a Theresa con algún pariente para irse solos de vacaciones. Está seguro de que no han recorrido toda la casa de rodillas buscando un chupete o el peluche favorito de turno. Jamás se les habría pasado por la cabeza ponerse a jugar con su hija. Los niños juegan con niños, los adultos hablan con los adultos. No obstante, su mujer es una persona normal. Goza de buena salud, tiene control sobre sí misma y sobre su vida, y no ha sufrido daños psicológicos. Reconocer que esto es mérito de Rolf y Marlies obligaría a Henning a preguntarse por qué él y Theresa se desviven intentando tratar a sus hijos con amor y respeto. Conoce bien la respuesta, por lo menos la que él daría: no sabe hacer las cosas de otro modo. Su comportamiento con Jonas y Bibbi no sigue ningún criterio pedagógico. Hace lo que le sale de dentro.

Sin embargo, Rolf y Marlies no dejan de ser un modelo de familia para Theresa, sobre todo si lo compara con el hogar de Henning. La verdad es que no había marcado un nivel demasiado alto. Él apenas conoció a Werner, su padre. Éste llamaba por teléfono en contadas ocasiones, cuando estaba bebido. Pedía hablar con los niños y les soltaba un discurso conmovedor, atropellado y confuso. Aseguraba que los quería y que un día iría a buscarlos. A Henning y a Luna les daba miedo pensar que tal cosa sucedería. A día de hoy, Werner sigue enviándoles, cuando se acuerda, una tarjeta de felicitación por su cumpleaños, aunque rara vez llega a tiempo.

Pese a las dificultades, su madre lo dio todo para conseguir que ellos tuvieran un hogar decente. La habitación más grande de la vivienda, donde habría debido encontrarse la sala de estar, era para los niños. La dividió con una enorme cortina, para que cada cual tuviera su intimidad. Siempre que sobraba un poco de dinero, les compraba libros, juguetes o ropa. Mientras Henning y Luna estuvieron a su cargo, ningún hombre pisó aquella casa. «Mientras viváis conmigo, seré toda vuestra», solía decir. Hay que reconocer que era una mujer hermosa, con largos cabellos rubios y una figura esbelta, a la que le gustaban las blusas de colores y los pantalones vaqueros.

Sin embargo, su aspecto solía ser bastante descuidado. Los dolores de espalda la obligaban a caminar agachada. Como apenas tenía tiempo de peinarse, llevaba el cabello de cualquiera manera. La mayoría de las veces ni siquiera se maquillaba. Siempre se la veía cansada, agobiada, estresada y nerviosa. Maldecía sin parar. Cuando llevaba la comida a la mesa, se quejaba del tiempo que había perdido cocinando. Cuando hacía la colada, gruñía por tener que pasar su única tarde libre lavando y planchando. Ellos agachaban la cabeza y guardaban silencio. Su madre tenía que ordenar la casa que ellos habían puesto patas arriba, acudía al colegio para resolver los problemas que ellos provocaban, se pasaba la vida en el médico porque ellos siempre estaban malos. Había renunciado a sus amigas, a los hombres, a las fiestas, los viajes, el arte, la lectura, el cine, el teatro, a tener una conversación estimulante e incluso un trabajo mejor. Cada día se encargaba de recordarles que, por culpa suya, estaba condenada a llevar una vida que ni se merecía ni le gustaba. Así que lo mínimo que podían hacer era procurar no darle aún más trabajo. Henning, que era el mayor, debía colaborar en las tareas domésticas; Luna debía ser formal y obediente. Ella vivía al límite de sus fuerzas, no podía hacerlo todo sola; después de todo, era una persona, no una máquina.

Cuando al fin se desahogaba, solía abrazarles diciendo: «¡Pero para mí sois lo más grande! ¿Lo sabéis, verdad? ¡Con vosotros me ha tocado el premio gordo!».

Eso era lo peor. Cuando hablaba del «premio gordo», él sabía que estaba tratando de acallar su mala conciencia. Decía «premio gordo» porque se avergonzaba de que a veces, aunque no quisiera reconocerlo, habría mandado a los niños al diablo. Desde pequeño, Henning se había culpado por lo que hacía, por lo que decía, e incluso por lo que pensaba, pues se creía responsable de que su madre fuera infeliz. Muchas veces habría preferido no estar vivo. Al cumplir los quince años pensó en suicidarse o, por lo menos, en irse de casa, para que no tuviera que cargar con él. Pero estaba Luna. Era demasiado pequeña, le necesitaba, no podía abandonarla. Decidió que esperaría a que cumpliera los dieciséis y entonces se marcharía. No podía aguantar más tiempo. Para entonces, él tenía diecinueve, había terminado el bachillerato y aprobado la prueba de acceso a la universidad. Ella dejó el instituto en cuanto él se marchó. No hubo forma de convencerla para que se quedase con su madre y terminase sus estudios. Primero le siguió a Leipzig, donde él ingresó en la universidad, y luego a Gotinga, ciudad en la que consiguió su primer empleo. Cuando conoció a Theresa, Luna empezó a deambular sin rumbo de un lado a otro.

Cuando Henning y Luna se marcharon de casa, su madre estaba a mitad de los cuarenta. Se despidió del trabajo, dejó la vivienda y se mudó a Berlín. Ahora trabaja allí, en una pequeña galería. Se dedica a pintar, frecuenta los cafés y, si hablan por teléfono, comenta con él las inauguraciones y los conciertos a los que acude. Henning respeta escrupulosamente su libertad, más que la de cualquier otra persona. Confía en que tenga algún amigo. Cuando se lo ha preguntado, ella se ríe y responde que eso no es asunto suyo.

Nunca se ha interesado por Bibbi y Jonas. Según dice, ya ha limpiado bastantes traseros de niño. Comparados con ella,

Rolf y Marlies son unos abuelos magníficos. Eso es lo que piensan Henning y Theresa una vez que se han marchado, aunque luego pasan unos días terribles, como para que los ingresen en un psiquiátrico.

Henning ha empezado a ascender. A veces, las pendientes parecen más empinadas desde lejos que desde cerca. Una pared de roca casi vertical puede resultar mucho más asequible cuando uno se aproxima a ella. No es el caso de Femés, eso está claro. La carretera tiene el mismo desnivel que una rampa. Se ve obligado a bajar de marcha. Intentará subir en tercera el primer tramo, reducir luego a segunda y reservar la más corta para el final. Después de recorrer unos cuantos metros, tiene que abandonar este propósito. Pasa a primera. La pendiente se ha convertido en un problema mucho mayor que el viento. La bicicleta se transforma en una escalera con unos peldaños desproporcionados. Avanza más despacio de lo que iría a pie. Le compensaría bajarse y empujar la bicicleta, pero ni siquiera se lo plantea. Hará descansos, los imprescindibles, los necesarios, y coronará la montaña montado en su bici. Trata de levantar el trasero del sillín, pero la forma de la bicicleta no le permite ir de pie. El viento ya no le seca el sudor. Su espalda se ha empapado en cuestión de segundos. La camiseta que lleva es de algodón, no de un tejido técnico. Comienza a sentir su pulso en los músculos del muslo. Tiene la garganta como papel de lija y nota presión en las sienes. Es muy probable que sean los efectos de la deshidratación. Henning marca el ritmo de las pedaladas en su cabeza: mierda-de viento, mierda-de viento, mierda-de viento.

Su rabia aumenta por momentos. Está furioso con el viento, ¿por qué tiene que soplar con tanta fuerza y cambiar de dirección todo el rato? Está furioso con la montaña, ¿cómo puede ser tan empinada? Está furioso con los coches, que pasan pegados a él. Y está furioso con la bicicleta por no tener marchas más cortas.

Mierda-de viento.

La rabia le da fuerzas. Ahora ya no le cuesta tanto pedalear. Está furioso, y esa furia lo abarca todo. No solo la carretera, el viento y la montaña. Es una furia universal que actúa como un campo de energía, que se propaga como el calor o como la luz, partiendo del interior de Henning.

Mierda-de trabajo, mierda-de *eso*, mierda-de mundo.

Henning se agarra al manillar con tanta fuerza que la piel de los nudillos se le transparenta. Pedalea con mucho esfuerzo. Sus músculos acumulan tanta tensión que podrían rasgarse.

Mierda-de Theresa, mierda-de Theresa, mierda-de Theresa.

No sirve para marcar el ritmo, pero es una auténtica liberación.

Mierda-de Jonas, mierda-de niños, mierda-de familia.

Sigue luchando. Apura sus fuerzas. Nota que algo crece en su interior. Cree que podría utilizarlo. Pero es demasiado. Nota que se levanta, está a punto de salir. Henning intenta retenerlo, reprimirlo, pero es inútil. Empieza a repetir mentalmente:

Mierda-de Bibbi, mierda-de Bibbi, mierda-de Bibbi.

No puede parar. Cada vez está más furioso.

Mierda-de Bibbi, mierda-de Bibbi.

Un estallido de rabia. Un volcán que entra en erupción expulsando la lava que había acumulado. Henning llora. Llora sin consuelo. Las lágrimas le nublan la vista.

—¡Mierda-de Bibbi!

Ya no lo piensa, grita. No sabe por qué. No hay nadie en el mundo a quien quiera tanto. Pero la rabia que siente es irrefrenable.

—¡Mierda-de Bibbi!

Cuando mira a su alrededor, se da cuenta de que ya ha subido la mitad de la pendiente. Es una conmoción. No puede creer que haya llegado tan alto. Se detiene, baja de la bicicleta y queda de pie, contra el viento. Se le han secado las lágrimas. La ira ha desaparecido. Se estira, contempla el valle. La carretera por la que ha venido parece pequeña, como si formara parte de una maqueta de ferrocarril, una cinta estrecha que en ese instante se encuentra vacía, como si la fuente de la que brotaban los coches se hubiera secado de golpe.

Sonríe. Está agotado, pero se siente fuerte. Mira hacia arriba, el puerto parece muy cerca. En las terrazas no se ve ni un alma. Seguramente los restaurantes no hayan abierto todavía. Saca el móvil del bolsillo de su pantalón de deporte. Diez de la mañana del día de Año Nuevo. Le parece increíble que ya lleve dos horas fuera. Ahora está seguro de que logrará su objetivo. A pesar de todo, admite que debe ser más humilde. Solo ha cubierto el primer tramo. El segundo será más largo y más duro. Da igual lo que digan las matemáticas. Justo al revés que en las vacaciones, cuya segunda mitad siempre pasa el doble de rápido.

Vuelve a subirse en la bicicleta, coloca el pedal derecho a la altura adecuada con la punta del pie y trata de ponerse en marcha cargando todo el peso de su cuerpo sobre él, pero pierde el equilibrio. En el último momento, consigue evitar que la bicicleta se desplome sobre el asfalto. El viento y la pendiente no le permiten coger suficiente impulso para mantenerse en equilibrio. Henning cruza la bicicleta en la carretera, vuelve a poner el pie derecho sobre el pedal, se da impulso con el izquierdo y sale. Era cuestión de encontrar el ángulo correcto. Llega al lado opuesto, gira, traza una nueva diagonal. Acelera un poco, avanza unos metros y llega tambaleándose a la siguiente curva. Va dividiendo el ascenso en pequeños tramos, avanza serpenteando, emplea todas sus fuerzas en cada giro y se concede un breve respiro en las diagonales. Apenas gana terreno, pero avanza. Lento y constante como un caracol. Está subiendo.

Ahora, su llanto le parece ridículo, y el arrebato de rabia contra Bibbi, absurdo e injustificado. Se avergüenza de sí mismo. Es probable que se deba a la falta de hidratación, que le aturde y confunde sus sentidos. O al exceso de cansancio.

La pasada noche, antes de quedarse dormido por primera vez, tuvo una visión. Parecía el inicio de un sueño, pero aún estaba consciente. Vio al francés abalanzándose sobre Theresa. La imagen era nítida como el cristal. Ella yacía sobre un sofá cama, con una funda de colores con motivos orientales. Se encontraban en una estancia cuadrada, alta como una torre. En el centro se distinguía una cúpula de cristal por la que entraba la luz del sol a raudales. Había macetas colgadas de largas cadenas, de las que brotaban exuberantes plantas. Las paredes estaban desnudas; el suelo era de baldosas. Se notaba frío. Frente al sofá cama se veía una puerta de doble hoja que conducía al exterior. Una de las hojas estaba abierta, de modo que pudo echar un vistazo. No cabía duda, la casa se encontraba en Lanzarote. Una terraza grande, palmeras, cactus, pimenteros y el paisaje volcánico. Debía de tratarse de una de aquellas villas que había estado viendo primero en Internet y luego en persona. Muros blancos, grandes jardines. El francés estaba echado sobre Theresa, con los pantalones bajados y el torso desnudo. Henning se fijó en cada detalle. El cabello oscuro, revuelto por el viento; la espalda masculina, de forma triangular; la curva del omóplato; la tensión en los glúteos. El vello negro se repartía a ambos lados de la columna vertebral, como si se tratase de una carretera con dos carriles.

Por supuesto, él no había visto desnudo al francés. Tampoco conocía la casa. No obstante, la imagen era clara y definida. Parecía inmóvil, como el fotograma de una película. Debería resultarle perturbadora, pero no sentía nada. Trató de pensar en algo distinto y la escena fue palideciendo, hasta que se quedó dormido.

Poco después soñó que Bibbi se había caído al agua. No había visto cómo, pero se estaba hundiendo. Su cuerpo claro desaparecía en la oscuridad. Estaba a punto de perderla. Henning debía saltar ya si quería salvarla, aunque le preocupaba que el lodo acumulado en el fondo se revolviera y enturbiase la superficie, impidiéndole ver. Entonces, cualquier esfuerzo por rescatar a la niña sería en vano. Daría vueltas sobre sí mismo, palparía con las manos desesperadamente, sin encontrarla, ciego bajo del agua. La idea era tan espantosa que prefirió no hacer nada. Se quedó parado, pensando. ¿Y si se metía poco a poco? Pero ¿cómo? Sabía que tenía que actuar, la silueta de su hija se desdibujaba, se perdía en las tinieblas, pronto desaparecería de la vista, debía hacer algo, pero el miedo le paralizaba, no quería ni imaginarse cómo sería extender los brazos hacia ella y no encontrarla, a pesar de que era su única oportunidad, tenía que salvarla. Sin embargo, en lugar de saltar de una vez, se quedó mirando. Estaba echado sobre su espalda. *Eso* le sacudió, y él, sin querer, agarró a Theresa. Enterró los dedos en su camisón y tiró de él con todas sus fuerzas. Ella se despertó con un grito. No había sido su intención. Nunca la despierta. Da igual lo mal que lo pase. Por los niños. El sueño es un bien muy preciado. Por otra parte, ella no le puede ayudar. Cuando le habló de *eso*, trató de apoyarle. Al menos por un tiempo. Cada vez que sufría un ataque le cogía de la mano, le hablaba con dulzura y le preguntaba si quería un té, una bolsa caliente o música. Probaron con la lectura en voz alta, con la televisión, e incluso con el sexo. No sirvió de nada. Al contrario, cuando comprendió que Theresa no podía hacer nada, que *eso* era más fuerte que ella, los ataques se volvieron más violentos.

Desde entonces, procura que sus crisis pasen desapercibidas. Se levanta y empieza a caminar por la casa, pero lo hace con cuidado, para no despertar a nadie. Cuando comenzaron a producirse durante el día, aprendió a mantener la calma para evitar que los demás lo notasen. Tiene taquicardias, le entran sudores, sufre espasmos, pero disimula. Charla, come, juega con los niños, habla por teléfono. A veces va al cuarto de baño y se mira al espejo. Es increíble que *eso* no esté ahí. Su corazón baila una furiosa danza con interrupciones que pueden resultar fatales, pero su rostro tiene el mismo aspecto de siempre. Tal vez sus ojos estén un poco más rojos de lo normal. Por supuesto, Theresa es consciente de lo que sucede. Pero no dice nada. *Eso* se ha convertido en su problema.

La pasada noche la despertó sin querer. Le entró el pánico y reaccionó por instinto. Pero, esta vez, Theresa no trató de ayudarle. Al contrario, montó en cólera. Primero se apartó de él como si fuera un extraño que se había introducido en su cama y luego empezó a gritarle:

—Estoy hasta las narices de tanto teatro. ¿Acaso crees que el mundo gira a tu alrededor?

Él apretaba las mandíbulas con todas sus fuerzas para reprimir los temblores. Estaba sucediendo algo que había temido durante mucho tiempo. Algo malo, muy malo. Se sentía a punto de perder la poca dignidad que aún le quedaba.

—Tus neurosis son un lastre para toda la familia. ¡Contrólate de una vez!

El corazón de Henning se congeló. Por unos segundos, dejó de sentir sus latidos. Iba a desmayarse. Se preguntó si su matrimonio se recuperaría alguna vez de esto.

—¡Sé un hombre! ¡Uno al que pueda amar!

Cuando creía que las cosas no podían ir a peor, ella se dio la vuelta y se echó a dormir. No tardó en empezar a roncar. Era como si se burlase de él. Henning se refugió en el jardín, donde comenzó a caminar en círculos, presa del pánico.

Por la mañana, después de atender la llamada de sus padres, ella se quedó en la cama mientras él se levantaba a preparar el desayuno. Como no tenía hambre, sacó tres platos del armario de cocina. Era como si no existiera. Un desayuno para una madre con sus dos hijos.

Se baja de la bicicleta. Necesita un descanso, el metabolismo muscular le obliga a ello. Su cuerpo no aguantaría otra pedalada más. Tiene calambres en el muslo izquierdo. Se masajea la pierna con las dos manos, intentando relajarla. Podría

tirar la toalla. Subir el último tramo empujando la bicicleta.
Pero el puerto ya no queda tan lejos. Es probable que solo
tenga que salvar otros cien metros de desnivel. Por otra parte,
la pendiente se ha suavizado. Salvo la última curva. Su trazado apunta hacia el cielo como una horquilla de pelo doblada.
Henning ha observado que, al llegar a ese punto, el morro
de los coches se coloca casi en vertical. A los conductores les
cuesta meter primera. Los motores rugen a toda potencia.

Desde aquí, el valle no es más que una figuración. Playa Blanca parece un felpudo pálido, desgastado por los lados, extendido junto a la resplandeciente superficie del mar.
Las villas de lujo son puntos dispersos que destacan sobre el
paisaje oscuro. Henning fija la vista en un pequeño halcón
que planea por debajo de él. Las montañas que ha formado la
lava son las únicas que conservan el mismo aspecto de antes,
componen un paisaje silencioso que permanece igual.

Para que el viento no le derribe, coloca la bicicleta en diagonal y apoya la rueda delantera contra uno de los bloques de
piedra que se encuentran al borde de la carretera para que los
vehículos no caigan por el barranco. El viento silba cuando
roza el manillar o se filtra por las rendijas del casco. Se abate
sobre él como una catarata invisible que se precipita desde la
cima de la montaña. El valle tiene un aspecto extraño, caren-
te de vida. ¿Habrán emitido una alerta por temporal? Henning resiste la tentación de coger el teléfono móvil, entrar en
Internet y consultar el pronóstico meteorológico. Es un día
normal para el Atlántico. El primer día de 2018. Si hay algo
normal en esta isla, no cabe duda de que es el viento.

Algo se mueve por la carretera desierta. Se trata de un
coche que estaba oculto bajo un pliegue del paisaje. Al

principio avanza despacio, luego acelera, coge una curva y vuelve a desaparecer. Es un viejo todoterreno, un Toyota o un Range Rover, de los muchos que hay en la isla. Henning decide esperar hasta que haya pasado. Sube en zigzag, ocupando toda la calzada. La lengua se le pega al paladar, la presión que sentía en las sienes ha aumentado hasta convertirse en un latido sordo. Se rasca los antebrazos con los dedos crispados. Tiene la piel deshidratada y le pica una barbaridad. Necesita beber agua. Las rachas del viento y la deslumbrante luz del sol le infligen un duro castigo. Está preparado para un último esfuerzo. Su cuerpo no se rebela, al contrario, se prepara para seguir obedeciéndole. Recurre a las escasas reservas de energía que le quedan, procura que el oxígeno llegue hasta el último rincón de su organismo. Está listo para rebasar sus propios límites.

Él no quiere que su neurosis se convierta en un lastre para su familia. Quiere ser un hombre al que merezca la pena amar. Quiere reír más, hacer más bromas, encontrarles el lado divertido a los pequeños contratiempos cotidianos. Quiere abrazar más veces a Theresa, no enfadarse tanto con los niños, salir con más frecuencia, quedar con amigos. No parece tan difícil. Por lo menos, no tanto como ascender por una pendiente del 10 %, con el viento en contra, en una bicicleta alquilada.

El todoterreno ha seguido avanzando. Es un Range Rover de color azul marino, algo oxidado. Lo conduce una mujer. No puede verle la cara. Cuando pasa junto a él, vuelve la cabeza y mira al lado contrario, hacia el valle, como si quisiera evitar que la reconociesen. Tiene el cabello rubio y se ha hecho una trenza francesa, un peinado que, en los últimos años, ha pasado de moda. Su madre solía llevar el pelo así. El Range Rover entra en la última curva, el motor ruge y el vehículo desaparece entre los restaurantes.

Henning arranca con todas sus fuerzas. Se sorprende de lo fácil que le resulta, se sienta en el sillín, gana velocidad en la diagonal y supera la primera curva sin mayor problema. Ha sido un descanso breve, pero ha servido para que su cuerpo se cargue de energía. Ahora tendrá que ir liberándola poco a poco. Se inclina sobre el manillar. Si se incorporase, el viento le derribaría de la bicicleta. De vez en cuando, levanta la vista para calcular la distancia que le separa de su meta. Va reduciéndose poco a poco. No tiene intención de pararse a descansar, quiere recorrer el último tramo de un tirón, en una gran lucha final. De pronto, sin saber por qué, se queda sin fuerzas. No es cansancio, es como si le hubieran cortado de golpe el suministro de combustible.

Se detiene y espera a que los músculos se distiendan. Después vuelve a rodar.

Las rocas entre las cuales discurre la carretera son ásperas y porosas, a veces dibujan ondas, como si, en lugar de sólidas, fueran líquidas. Un planeta que se crea a sí mismo, que fluye y se petrifica, que se desarrolla y se consolida.

Tiene que detenerse de nuevo antes de la última curva. No se engañaba: la carretera asciende bruscamente justo antes de llegar a la cumbre. Henning levanta la cabeza y avanza con decisión. Sus ojos están fijos en la meta. A medida que asciende, el pueblo de Femés se abre ante él. Puede ver la terraza panorámica del restaurante, las sillas apoyadas sobre las mesas. Las casas somnolientas en la mañana de Año Nuevo. Parece que no hay un alma. Entonces descubre a un hombre con sombrero y ropa negra, típica indumentaria de la isla. Está en un jardín a las afueras del pueblo. Riega las plantas con una manguera. Debe de ser jardinero.

Deja de observarle, se concentra en su objetivo, visualiza el camino que le ha de llevar hasta la cima y el punto en el que este desaparece entre los restaurantes. Pero hay algo que no cuadra. Se trata del jardinero. Aquel hombre le resulta inquietante. Se gira para mirarle. Aparta de nuevo la vista y luego vuelve a mirar. No logra comprender por qué le molesta. Está de espaldas a él. El sombrero le cae sobre la nuca. Henning siente un escalofrío. Por un momento ha pensado que ni siquiera es un hombre. Teme que pueda darse la vuelta y le asalta el miedo. Se obliga a centrar su atención en la carretera. Quedan unos pocos metros hasta la cumbre. Lo ha conseguido. Sabía que lo lograría. Ahora se trata de no cometer errores. Trazar las curvas con cuidado. Echar el resto. Seguir respirando a pesar de la fatiga.

Entonces descubre dónde está el problema. Es la postura del jardinero. Está de pie, dándole la espalda; es decir, de cara al viento. El agua de la manguera debería volverse contra él, tendría que estar empapado. En esta posición no puede regar. Es imposible que el jardinero esté haciendo lo que hace.

Henning alcanza la cumbre.

La plaza es pequeña. Apoya la bicicleta contra el muro y se deja caer sobre un banco de piedra. Está frío. Le refresca los muslos y la espalda. El dolor va remitiendo. Su cuerpo se derrumba sobre sí mismo. Sus pensamientos se serenan. Siente el calor del sol y la caricia del viento, que aquí, en el centro del pueblo, no sopla con tanta fuerza. Aspira el aroma especiado de los pimenteros que extienden sus ramas sobre la plaza. Como los del resto de las casas, los muros de la iglesia son de una blancura deslumbrante. La intensidad con la que reflejan la luz del sol hace daño a los ojos. En la puerta han colgado una esquela en memoria de un tal don Pedro, con dos largos apellidos. Justo encima se ve la imagen de la Virgen María. Lágrimas de sangre corren por su rostro, como corresponde a una madre que ha perdido a su hijo. Mira hacia abajo, como si contemplara a Henning.

En una esquina hay una pequeña tienda de comestibles, pero está cerrada. Tampoco le importa demasiado. No ha traído provisiones ni dinero. Decide descansar un poco antes de emprender el regreso. El camino hasta Playa Blanca discurre cuesta abajo. No debería tardar más de una hora. Mientras tanto, tendrá que seguir ignorando el hambre y la sed. Henning se imagina bajando a toda velocidad por la carretera que tanto le ha costado subir. Está decidido a ir a tumba abierta. Al principio tendrá que frenar. Luego puede que deba pedalear un poco. Pero será mucho más fácil. Ya se imagina llegando a casa y compartiendo con Theresa sus buenos propósitos: reírse más y abrazarla más veces. Lo ha logrado, ha conseguido subir a Femés.

Cierra los ojos y deja que el sol ilumine su rostro. Siente su fuerza. Es pura energía. Aprovecha para recargar sus baterías. Dentro de nada volverán a estar llenas.

Sin embargo, cuando se dispone a levantarse para subir de nuevo a la bicicleta, se da cuenta de que no es capaz. El dolor aparece de nuevo. Siente calambres en las piernas. Agarra el manillar con ambas manos y avanza con dificultad, paso a paso, como si tuviera que aprender a andar. Su organismo se rebela ante la idea de volver a montar. Comer, beber. Eso es lo que debería preocuparle. Incluso buscar un lugar para echarse a descansar.

Henning atraviesa la carretera empujando la bicicleta. Avanza por la parte trasera de los restaurantes, en paralelo a la cresta. Entra en una callejuela con casas bajas a derecha e izquierda. Las ventanas son pequeñas. Carecen de cualquier adorno. Son refugios para resguardarse del viento y del sol. Antes de que los turistas llegasen a la isla, los habitantes de estos pueblos de montaña vivían de la elaboración de queso de cabra. Busca a algún vecino al que pedirle ayuda. Trata de recordar cómo se dice «comida» en español. La única palabra que le viene a la cabeza es *mangiare*. En caso de necesidad tendrá que hacerse entender mediante gestos, llevarse la mano a la boca y frotarse el vientre para explicar que tiene hambre y sed. Esa misma tarde regresará en coche y lo pagará todo. Pero no ve a nadie. Incluso el jardinero que estaba regando ha desaparecido sin dejar huella. Ni siquiera podría decir dónde estaba. Tendrá que llamar a una de esas casas con la puerta pintada de verde y las contraventanas cerradas. No se decide por ninguna, sigue caminando. Valora sus opciones. Esta tiene aspecto de estar deshabitada. Aquella también. En esta ni siquiera tienen un coche aparcado a la puerta. En la otra hay un perro que ladra furioso. No es que no se atreva a llamar, pero tiene que encontrar la casa idónea. Y está claro que ninguna de estas lo es.

Su confusión va en aumento. Regresa a la plaza de la iglesia. Deja la bicicleta y echa un vistazo a su alrededor. Va a suceder algo. No sabría decir qué, pero algo importante está a punto de pasar. Empieza a creer que el agotamiento le está haciendo perder la razón, pero, en ese instante, lo ve claro. No oye ninguna voz, no tiene ninguna visión, pero sabe la dirección que ha de seguir. Agarra la bicicleta por el manillar y la empuja hacia delante. Ahora no puede ocuparse de sus piernas doloridas, tiene que darse prisa si quiere alcanzar su meta. No tarda en llegar a las afueras del pueblo. La calle se acaba y entra en un sendero pedregoso que asciende hacia La Atalaya. Da igual. Debe seguir adelante. Pasa por encima de las rocas erosionadas; bordea los baches más grandes; cuando no puede empujar la bicicleta, la levanta o la arrastra. A un lado del camino ve un cartel pintado a mano con una flecha de color que señala hacia arriba: ARTESANÍA — ARTS GALLERY — KUNST.

«Vuelvo a ascender por una montaña», piensa Henning. «¿A qué viene esto? Soy como Sísifo, solo que sin piedra».

El sendero conduce hasta una enorme roca, detrás de la cual traza una curva. Allí se detiene a descansar. Se da la vuelta y contempla el valle. Lo que ve le deja sorprendido. Femés se encuentra muy por debajo de él. Una vez más ha ascendido sin saber muy bien cómo. Es igual que si se hubiera quedado en blanco o un poder desconocido le hubiera trasladado doscientos metros por encima de donde se encontraba. Sin embargo, lo que de verdad le asusta es que reconoce lo que ve. Los tejados, el trazado de las calles y la diminuta rotonda del centro del pueblo le resultan familiares. La plaza rectangular con la iglesia y su tosco campanario. Conoce esta localidad. La ha visto antes desde esta misma perspectiva, desde arriba. La imagen se ha quedado grabada en su cerebro. La bicicleta se desploma sobre el suelo estrepitosamente. La había apoyado sobre la roca de cualquier manera y ha resbalado.

Sabe que no ha estado aquí en los días anteriores. Las excursiones que han hecho no los han llevado hasta Femés. Y, aunque así hubiera sido, nunca habrían salido del pueblo para subir a la montaña por una pista que no está hecha ni para bicicletas ni para coches de alquiler, sino para *pick-ups* desvencijados con herramientas de jardín en la parte posterior, para pastores con rebaños de cabras moteadas o para mulos de carga que tiran de carros. Hace calor, un calor abrasador. El viento ha dejado de soplar. Es como si Henning hubiera entrado en otra zona climática o en otra estación del año. Una voz le sugiere que se suba en su bicicleta y se marche a casa. Que beba, que coma, que descanse. Que deje a un lado su propósito, cualquiera que sea.

Levanta la bicicleta, dobla la curva y continúa empujándola cuesta arriba, por una pista de grava. En lo alto, sobre una pequeña meseta, se vislumbra una casa apoyada sobre los hombros de la montaña. Henning aprieta el paso, se aferra al manillar, las ruedas resbalan en la gravilla. Muros altos, blancos, por encima de los cuales sobresalen las hojas de las palmeras. Una terraza que mira hacia el valle. En el centro de la construcción se aprecia una cubierta con una cúpula de cristal debajo de la cual debe de haber una sala o una especie de patio. La pista termina en la casa. No es un camino rural, sino un acceso, aunque se encuentra en un estado lamentable. En el muro exterior ve el mismo cartel de antes: ARTESANÍA — ARTS GALLERY — KUNST.

Con un último esfuerzo, llega por fin a la explanada. La vista se le nubla. Solo ve puntos negros. Deja caer la bicicleta y se apoya contra el muro hasta que el mareo desaparece. Sigue viendo borroso. El viento y la luz han irritado sus ojos. Y no lleva gafas de sol. Tiene que sentarse a la sombra cuanto antes. Se da cuenta de que delante de la casa han aparcado un vehículo, un Range Rover de color azul marino, algo oxidado. Así que hay gente dentro. Está salvado.

El portón de hierro forjado está abierto. Entra arrastrando su bicicleta y busca con la vista un lugar donde dejarla. Como no tiene cadena ni candado, debería protegerla de algún modo, aunque ¿quién iba a robarla allí arriba? Lo mejor será llevarla detrás de la casa. Henning abandona el camino de grava que conduce a la entrada, una puerta de madera de doble hoja, entre palmeras, mangos y buganvillas, llega al lado opuesto y dobla la esquina. El pasillo que queda entre la casa y el muro no es muy amplio, parece abandonado. Las mimosas, achaparradas, están llenas de guano. La gravilla negra que cubre el suelo acumula un montón de polvo. Henning siente la vibración de su móvil en la rabadilla. Con una mano empuja la bicicleta, cuyas ruedas se hunden en la tierra, y con la otra trata de sacar el teléfono del bolsillo. Un SMS. El sol le impide ver la pantalla. Ha de buscar una sombra. Así no puede leer nada.

A la sombra hace fresco. Él se dispone a apoyar su bicicleta contra el muro, pero retrocede espantado. Aquella pared alta, sin ventanas, está plagada de arañas. Cuerpos redondos, patas largas, en forma de estrella. Soles de ocho rayos, todos distintos, formando extraños motivos, monstruosos en su heterogeneidad. No se mueven, serán inofensivas, pero no puede soportarlas, se aparta. En lo más hondo de su ser escucha una campana de alarma. Un sonido lastimero, irritante como el llanto de un niño pequeño. Por un momento, piensa que se trata de *eso* y teme que esté a punto de sufrir un ataque. Pero no es así. Hay algo que se agita en su interior, que emerge de unas profundidades a las que no suele tener acceso.

Mira el móvil. El SMS es de Theresa. Dice algo de separarse. Henning no puede apartar la vista de las arañas. Son repugnantes. No puede dejarlas allí, tiene que quitarlas, pero ¿cómo? Las arañas le impiden comprender el SMS de Theresa. «Querido Henning: Es mejor que nos separemos. Puede que ahora te coja de sorpresa, pero estoy convencida de que lo superaremos y nos irá muy bien». Es imposible que lo diga en serio. Debe de tratarse de una broma. Tiene que volver a casa de inmediato, hablar con ella, pero las arañas no se lo permiten. Su imagen se ha quedado grabada a fuego en su retina. Sigue viéndolas aunque cierre los ojos. Se encuentra mal, se está mareando, las piernas no le sostienen. Acaba de rodillas, apoyándose sobre las manos, la gravilla negra se le clava en las palmas. Piedrecitas minúsculas, todas distintas, como si se tratase de migas de pan en miniatura, ásperas, agrestes, desiguales, escupidas por los volcanes que han formado la isla, han hecho de ella su hogar. Henning se deja caer y queda tendido de medio lado. Esta sensación también la conoce. El dolor sutil, no del todo desagradable, que produce la gravilla cuando se clava en la piel.

—¿Hola? ¿Qué pasa ahí?

Levanta la cabeza y gira el cuerpo. Siente el borde de un vaso de agua rozando sus labios y empieza a beber con avidez. Lo vacía antes incluso de abrir los ojos. La mujer con la trenza francesa. Sabe que no es su madre. No es una alucinación, no está volviéndose loco. Sabe dónde se encuentra y qué día es. El ascenso, el Range Rover, el SMS de Theresa. Las arañas. Vuelve la cabeza para ver la pared y tiene que apartar la mirada. Siguen ahí, cubriendo el muro exterior. Deben de ser una especie de arañas zancudas. Incontables.

—Son una plaga —explica la mujer, que ha seguido el movimiento de sus ojos—. Pero no hacen nada. Tampoco entran en casa. ¿Te encuentras mejor?

Él asiente con la cabeza y trata de incorporarse. No le cuesta tanto como esperaba.

—El ascenso por la llanura de El Rubicón, ¿no es verdad? Deshidratado y falto de azúcar. No es de extrañar teniendo en cuenta tu equipación.

Lleva una camisa verde oliva y unos pantalones de tela desteñidos, del mismo tono. Calza unas chancletas que dejan a la vista las uñas de sus pies, pintadas con esmero con una laca color violeta oscuro. Henning calcula que rondará los cincuenta y cinco años.

—¿Puedes levantarte?

Le coge del brazo para ayudarle a ponerse en pie y le sujeta mientras atraviesan el jardín. En la parte delantera de la casa se extiende una amplia terraza, con una puerta de madera de doble hoja situada en el centro. Debe de ser la entrada. Aunque no pueda verlos desde su posición, sabe de qué color son los azulejos. Amarillo sucio. No suben por los escalones de la puerta principal. La mujer le conduce al otro lado, rodeando el edificio anexo, hasta llegar a una puerta pequeña, pintada de azul, que les permite acceder por la parte de atrás. Entran a una espaciosa cocina. Henning se siente mucho mejor. La estancia tiene un ambiente crepuscular. Solo hay una ventana, encima del fregadero. Los gruesos muros mantienen la estancia a una temperatura agradable. Muebles de obra, armarios bajos, estanterías, encimeras, superficies limpias, pulidas y pintadas de blanco, al estilo canario, con esquinas redondeadas. Huele a aceite de oliva y a cebolla. En la parte posterior de la cocina hay una gigantesca mesa de madera, cubierta con utensilios para pintar. Tubos y pigmentos de todos los colores, trapos manchados, frascos de cristal, líquidos teñidos de rosa o de azul claro, paletas y una bandeja llena de piedras negras, lisas, del tamaño de un puño.

—Siéntate.

La mujer le acerca una silla y barre con el brazo todo aquel batiburrillo desplazándolo a la otra punta de la mesa.

—Detrás de la sala donde expongo las piezas hay un taller, pero los trabajos pequeños los hago aquí. Te daré algo de comer.

Busca en la nevera una fuente de patatas cocidas y unos cuantos huevos, saca cebollas, ajo y aceite de oliva, una sartén, pimienta y sal. Henning trata de no pensar en esa bandeja de piedras negras, redondas... pero no lo consigue. Son como las que pintaba su madre. Coge una y la sostiene en la mano. Es real, no cabe duda. No es su imaginación, no está alucinando. La mujer le pone delante un plato con comida. Seguro que, cuando reponga fuerzas, se sentirá mejor. Tal vez, cuando se le pase el mareo, deje de tener la sensación de que conoce ese lugar.

—Soy Lisa —se presenta.

—Henning —responde él, y se apresura a darle las gracias.

—No hay de qué —contesta ella con una sonrisa—. Me alegra recibir visitas. Mi marido se ha marchado a Alemania para pasar allí las fiestas. Me he quedado sola, y me aburro. Me viene muy bien recibir en casa a un ciclista con una bajada de azúcar.

Él intenta reírse, pero suena falso.

—¿De dónde eres, Henning?

—De Gotinga.

—Yo, de Hannover. Niebla y aguanieve, un grado bajo cero. ¿Es la primera vez que vienes a la isla?

—En realidad, sí.

—¿Te gusta?

—Supongo que sí.

—Así que eres uno de esos tipos prudentes que solo saben decir «supongo» y «en realidad».

Esta vez se ríe de buena gana. Lisa le cae bien. Irradia simpatía. Su energía y su buen humor le hacen sentir a gusto. Parece que disfruta cocinando. Y seguro que no se quejaría si tuviera que tender la colada de tres personas. Se la imagina en un patio soleado, tarareando en voz baja, con los brazos en alto, sujetando las pinzas con la boca. Henning está convencido de que no tiene hijos. Se figura cómo sería vivir con ella. Aquí, en la montaña. Aislados del mundo, salvo por ese sendero pedregoso y escarpado que conecta con el valle. Compartir el día a día con una mujer madura, que sonríe con amabilidad y ve en él a uno de esos tipos prudentes que solo saben decir «supongo» y «en realidad». Le dan ganas de coger el teléfono móvil y enviarle a Theresa un SMS: «De acuerdo. Tienes razón. Nos irá muy bien».

Uno, dos, uno, dos.

—¿Henning?

No estaba escuchando. Ella se ha dado la vuelta. Está de pie junto al aparador, esperando una respuesta.

—¿Te gusta el ajo?

—Sí, por supuesto.

Saca su teléfono y pasa el dedo por la pantalla. No se enciende. La batería está cargada. Debe de haberse apagado sin que se dé cuenta. Lisa sacude la cabeza.

—Olvídalo, aquí no hay cobertura —aclara mientras bate los huevos en un plato hondo—. Tampoco tenemos electricidad ni agua corriente. Disponemos de un aljibe, una especie de cisterna que sirve para recoger el agua de la lluvia. Y paneles solares. Antes, hace muchos años, existía un generador eléctrico. Lo arrancábamos y teníamos luz. Sonaba como un helicóptero. Es el precio que hay que pagar por vivir tan apartado.

Levanta el cucharón y señala a través de la ventana.

—Las casas de ahí abajo, en el Barranco, son todas nuevas. Cuando compré esta, no las habían construido aún.

Henning asiente con la cabeza. Ya lo sabía, aunque no comprende cómo.

—Los propietarios están muy bien relacionados, mucho mejor que nosotros. Consiguieron las licencias de edificación sin problema. Yo, en cambio, llevo años luchando para legalizar esta casa. Todo se mueve por intereses. Pero me da igual —asegura abriendo los brazos, con el cucharón en una mano y unas varillas de batir en la otra—. Me encanta. Es la mejor del mundo. Si te apetece, te la enseño después de comer.

—Claro que sí, con mucho gusto —dice él, aunque sabe que debe volver a la suya, si es que sigue teniéndola.

Vuelve a juguetear con las piedras negras. Las coge de la bandeja, les da vueltas. Giran como peonzas, con un movimiento uniforme, durante largo tiempo. Óvalos perfectos, un poco achatados, con diminutos poros y una superficie lisa, pulida. Tienen un tacto agradable. Uno no se cansa de tenerlas en la mano, rotándolas y acariciándolas. Henning está familiarizado con esa sensación. Le resulta entrañable, porque le recuerda a su infancia.

—¿Pintas tú las piedras?

Lisa abre un cajón y le lleva una a la mesa. Sobre la superficie oscura resalta un motivo en forma de estrella en tonos azules, con distintos matices, desde el claro y delicado del centro hasta el marino intenso del borde exterior. Un mandala formado por puntos gruesos.

—Es bonita —comenta él; su madre no pintaba motivos geométricos, solo animales.

—Te la puedes quedar. Eso no es arte. Aunque en los mercados se venden como rosquillas. Son el *souvenir* perfecto. Puedes utilizarlo como pisapapeles, como tope para las puertas o como un arma con la que asesinar a alguien.

Suelta una carcajada y se echa la trenza hacia atrás. Tiene una risa juvenil. Henning piensa que podrían llevarse muy bien. Tal vez no tenga marido. Viviendo sola, en lo alto de la montaña, es natural que finja estar casada para librarse de los pesados y protegerse de los indeseables.

—Gracias a ellas financio mis cuadros. De vez en cuando organizo una pequeña exposición en Playa Blanca o en Yaiza. El cónsul honorario ha comprado algunas de mis obras. Pero la verdad es que si no pintas barcos, volcanes o puestas de sol, no tienes nada que hacer.

Vuelve al fogón.

—Mi madre también pintaba piedras —confiesa, aunque no tenía pensado dar a conocer este detalle.

—¿En serio? —pregunta Lisa, girándose de nuevo hacia él—. ¡Qué casualidad! En cierto modo, las piedras guardan relación con esta casa. Es de aquí de donde saqué la idea. Te lo enseñaré después, cuando demos una vuelta.

La cebolla y el ajo empiezan a freírse. Henning se convence a sí mismo de que ha debido de entender mal el SMS: en un mundo donde la comida huele tan bien, la gente no puede hacer algo tan espantoso.

La piedra choca con estrépito contra las baldosas del suelo, da un par de vueltas sobre sí misma y luego se queda inmóvil. Se le ha escurrido. Ella no se enfada con él, se echa a reír. En ese momento está aplastando una masa de huevo y patata entre dos platos y a continuación la vierte en la sartén. El olor es cada vez más intenso. A Henning se le hace la boca agua, como a los perros de Pávlov. Lisa da la vuelta a la tortilla un par de veces, regula la llama de gas y, mientras tanto, tararea una melodía en la que él reconoce el *Bolero* de Ravel. Coloca sobre la mesa un cuenco con aceitunas, pan blanco y una jarra con zumo de melocotón. Luego le trae el plato, con un cuchillo y un tenedor, pero sin servilleta.

—Espero que te guste.

Cuando prueba el primer bocado, tiene que cerrar los ojos, porque el sabor le abruma. Nunca había comido algo tan sabroso. Se la come entera. No se anda con remilgos. Mastica y traga, hasta que el plato queda vacío y el estómago lleno. No piensa que pueda sentarle mal.

Ella le observa. No toma nada, pero sonríe satisfecha viendo el apetito con que él come. En cierto momento levanta su vaso y brinda por él. No bebe zumo, sino un vino suave, de color perla. Henning sospecha que es *prosecco*. No utiliza copa, sino un vaso de agua.

Como le incomoda que le observen en silencio mientras come, decide preguntar por la casa. Lisa empieza a hablar. Es su tema preferido. Se nota que ha contado la misma historia infinidad de veces.

Llegó a la isla en el año 1987. Era la primera vez que venía y su idea era pasar dos semanas de vacaciones, pero ya no regresó. Liquidó lo que había dejado en Alemania y se mudó aquí definitivamente. Descubrió la casa durante una excursión. Se veía a lo lejos, sola, en lo más alto de La Atalaya, un castillo de cuento venido a menos. Estaba vacía, y la puerta, abierta. Así que atravesó el jardín, que nadie se había preocupado de regar en mucho tiempo, y se sentó en la terraza, donde había unas cuantas sillas desperdigadas. Desde allí se podía ver Femés, el valle del Pozo y las laderas donde pastaban los rebaños de cabras. Observó las garzas, que seguían a las cabras como flechas blancas. Recorrió con la mirada las gargantas de tierra rojiza y el relieve volcánico de Los Ajaches. A lo lejos, entre la bruma, se adivinaba el mar, surcado por diminutos veleros. Y se sintió como si fuera la reina del mundo. No sabía español. No conocía a nadie. Pero consiguió averiguar quién era el dueño de la propiedad. Estaba en venta.

—Aquí debió de pasar algo —le explica mientras él moja un cuscurro de pan en el aceite de oliva que ha quedado en el plato—. La alquilaban como casa de vacaciones, cuando en esta zona no había absolutamente nada. Algo salió mal y dos niños pequeños estuvieron a punto de morir. Por suerte, los encontraron a tiempo. No he podido averiguar qué ocurrió. Tampoco es asunto mío, ¿me entiendes? La casa era una ganga.

Lisa apura su *prosecco*, y Henning, su zumo. Se siente lleno, un poco pesado.

—Con los años he ido restaurándola. La he ampliado un poco. La he cuidado y he puesto en ella todo mi amor. Al principio dormía aquí, en la cocina. ¿Te imaginas? Luego monté la sala donde expongo las piezas. Más tarde, el dormitorio y el taller. Ven, te lo enseñaré todo.

Le coge de la mano, y Henning se pregunta si está flirteando con él. Aún no le ha dado las gracias por la comida. Lisa entra en el comedor y rellena su vaso, pero no le ofrece nada. Debe de ser el *prosecco* que le ha sobrado de la solitaria fiesta de Nochevieja que celebró el día anterior. Para ponerse de pie, tiene que apoyarse sobre la mesa con las dos manos. No es tanto porque tenga el estómago lleno, sino por los calambres.

—Una vez que has puesto el pie en esta isla, no quieres marcharte jamás.

Están al lado de una pila que parece haber sido tallada a partir de una roca errática de granito de un tamaño gigantesco.

Lisa es algo más baja que él. Su trenza guarda una perfecta simetría. Es asombroso que pueda peinarse así ella sola. La madre de Henning también lo hacía. Más de una vez la había observado en el cuarto de baño, con los brazos detrás de la cabeza, moviendo los dedos como si estuviera hilando. En un momento conseguía una trenza firme, proporcionada, pegada a la nuca, que acababa en un rabito. Él conoce el tacto del pelo trenzado. Le encantaría acariciar la cabeza de Lisa, deslizar su mano por su cabello recogido, enrollarlo alrededor de sus dedos en una gruesa bobina. Pero ella lo entendería mal.

—Mis amigos alemanes me preguntan si no echo de menos el cine, el teatro, la cultura. Pero, cuando vuelvo, me sorprende lo poco que me aportan. El hecho es que soy feliz y vosotros no. Os absorben las preocupaciones, veis problemas donde no los hay... Cuando uno lleva un tiempo viviendo aquí, no entiende por qué os castigáis de ese modo.

Podría hablarle del mensaje de Theresa. Una mujer que escoge la mañana de Año Nuevo para abandonar a su marido por SMS mientras los niños juegan en el jardín de la casa en la que están pasando sus vacaciones. Le habría gustado preguntarle si se trataba de un problema real o de otro ejemplo de la obsesión que lleva a los alemanes a preocuparse por todo. Pero es una extraña y, por otra parte, podría ser que le invitase a ver la parte positiva de esta ruptura, interpretándola como una oportunidad para crecer. Podría quedarse allí y empezar de nuevo, igual que ella.

Lisa sale por la puerta de atrás, Henning la sigue con las piernas agarrotadas. La gravilla de color negro cubre el jardín, atravesado por delgadas mangas de riego, unidas unas a otras, como si fueran una serpiente infinita. Le explica que la cubierta del suelo se llama «picón». Lo sacan del valle de El Rubicón. Sirve para almacenar agua, algo esencial para la supervivencia de las plantas. Henning conoce la palabra. Picón, picón, picón. Aunque lleva calzado, nota que las piedrecitas se le clavan en las plantas de los pies.

Es evidente que el jardín ha prosperado gracias al cariño y a la dedicación de su propietaria. Adelfas en flor, hibisco, malvas aromáticas, orondos cactus y un bosquecillo de palmeras cuyas hojas, agitadas por el viento, producen un agradable rumor. Incluso ha reservado un rincón para plantar árboles frutales que dan higos, moras, granadas, mangos, papayas, pitayas, kiwis. En esta tierra crece de todo. Pasan por delante de un muro. Henning teme encontrarse con más arañas zancudas, pero no es así. Al parecer solo viven en el muro que ha visto antes.

Lisa le enseña el edificio anexo, que podría albergar apartamentos de vacaciones, le muestra el garaje y un lugar fantástico donde construir una piscina, aunque ella prefiere bañarse en el mar. No le apetece alquilar todo aquello a turistas, pero no sabe si podrá seguir permitiéndose la vida que ha llevado hasta ahora.

—Las cosas no se vuelven más fáciles y uno no se vuelve más joven —sentencia, mientras le mira como si supiera de qué está hablando.

A continuación se acercan a ver los paneles solares y el grupo electrógeno que utiliza en caso de emergencia. Es como si quisiera venderle la propiedad. Detrás de la casa se encuentra una plataforma semejante a una terraza, aunque, en este caso, no tiene vistas, porque está pegada al muro exterior. Tampoco está alicatada, se ha cubierto con una capa de cemento de color ocre. Cuando se acercan, ve el agujero. Un corte rectangular en el suelo. Lo suficientemente grande para tragarse a una persona. Debajo, la nada. Una oscuridad, un vacío, que no parece de este mundo. Una ventana al todo. Instintivamente agarra el brazo de Lisa, como si el agujero pudiera verla y tragársela. O tragárselo a él.

—¿Qué es eso?

—¿Eso? —repite ella riendo y dándole palmaditas en la mano para tranquilizarle—. Es el viejo aljibe. Un depósito de agua subterráneo. Ahí dentro es donde se recoge el agua de la lluvia. Acércate.

Él duda un momento. Luego se acerca paso a paso hasta el borde y mira en el interior. Cuando sus ojos se acostumbran a la oscuridad, alcanza a ver el agua, negra como el aceite, a unos ocho metros por debajo del suelo. Lisa coge un puñado de piedras y las arroja dentro. Se escucha un chapoteo, un eco sordo, la superficie se encrespa y, al punto, vuelve a calmarse. Queda la oscuridad y la nada.

—¿Está hueco? —pregunta mientras tantea la plataforma con el pie.

—Es un sistema muy antiguo, un depósito subterráneo con dos bóvedas de cañón que se cortan una a otra, para que no se hunda. Yo lo utilizo para regar el jardín. En la casa tengo agua corriente.

—¿Y si alguien se cae?

—Entonces está acabado —responde ella, riéndose de nuevo—. Más de un gato ha desaparecido justo ahí. Pero las personas no suelen caerse por los agujeros, ¿sabes?

Se da la vuelta y se dispone a regresar a la casa. Él se queda allí, mirando absorto la nada que se abre ante él. Escucha la voz de una mujer: «¡No es posible! Werner, ven aquí inmediatamente. ¡Tienes que ver esto! ¡No quiero ni pensar lo que ocurriría si un niño llega a caerse ahí dentro! Tenemos que llamar al casero». Después escucha la voz serena de su padre: «Aquí no hay teléfono, tesoro. Voy a buscar una tabla».

—Ven —le pide Lisa—, ¡he dejado lo mejor para el final!

Henning la sigue como un autómata. Su cerebro ha dejado de controlar su cuerpo. Es tal la sobrecarga de información que, en cualquier momento, puede optar por un apagado de emergencia. Ya hace un buen rato que no comprende lo que está pasando. Ha llegado a pensar que no está del todo despierto, pero lo ha descartado: sabe que esto no es un sueño. Nada encaja. Es como si las leyes de la naturaleza hubieran dejado de operar. No le sorprendería que se elevase por encima del suelo y comenzara a flotar con Lisa por el jardín. El espacio y el tiempo parecen haber perdido su significado, a punto de revelar el código fuente al que el usuario no suele tener acceso, un código que relaciona a todo con todo, en el que las personas no son más que puntos de referencia en los que confluyen distintas energías.

—Deja el pozo para luego. Ya tendrás tiempo...

Se dirigen a la terraza delantera. Las baldosas, en efecto, son de un color amarillo sucio. Lisa lucha con el pesado cerrojo que cierra la puerta de doble hoja. Está atascado. Henning contempla Femés. Antes, el pueblo le parecía la culminación de todos sus esfuerzos, lo máximo a lo que podía aspirar; ahora lo ve pequeño, como un juguete, a sus pies. Desde aquí, se divisa un panorama fantástico, se domina todo con la vista, hasta el mínimo detalle. En muchos jardines hay hormigoneras. Algunas casas no están revocadas. A pesar de todo, tienen un aspecto pulcro y ordenado. Mientras observa, las distancias van variando. El sendero pedregoso por el que ha ascendido se alarga, se expande, Femés parece cada vez más remoto, se vuelve inalcanzable. Y él tiene la sensación de haber encogido. El dolor de sus piernas se convierte en el dolor de las piernas de un niño, demasiado pequeño para salir al mundo y llegar a ninguna parte.

El cerrojo cede.

—¡Ta-chán! —exclama Lisa.

Ha abierto la puerta de par en par. Tienen ante sí la sala de exposiciones. Lo primero que ve son las piedras: un caracol, una serpiente, un escarabajo, un milpiés, pintados con colores vivos sobre un fondo oscuro, a base de puntos, finos, delicados. Se encuentran iluminadas en una pequeña vitrina, justo al lado de la entrada. La voz de Lisa parece llegar desde muy lejos.

—Las piedras no están a la venta. Las encontré en la casa. Me traen suerte. Me dieron la idea.

Es una estancia amplia, en cuyo centro se alza una especie de torre, parecida a un pozo, de la que penden largas cadenas que sostienen macetas en las que crecen plantas. La parte superior está rematada con una cúpula de cristal, por la que entra la luz del sol a raudales.

Arte en todas partes, cuadros, esculturas, a los que Henning apenas presta atención. Ve el sofá. Está ahí. Apartado en un rincón, cubierto con una funda estampada con motivos orientales. Sobre el sofá está sentada una mujer. No, está recostada, con las piernas abiertas y la parte superior del cuerpo inclinada hacia atrás. ¿Es que Lisa se ha echado?

Ahí está la espalda. La espalda de un hombre. Desnuda, triangular, con los músculos en tensión. El vello negro se reparte a ambos lados de la columna vertebral, como si se tratase de una carretera con dos carriles. ¿Es que Henning se ha arrojado sobre Lisa? ¿Acaso está tratando de besarla?

Pero no se trata de su espalda. Y la mujer no es Lisa.

Es su primer viaje en avión. Está emocionado. ¿Dónde están mamá y papá? Buscando sitio para colocar el equipaje de mano en los compartimentos superiores. Papá lo deja por imposible. Siempre hace lo mismo cuando las cosas no salen como él quiere. Ahí está Luna. Se ha sentado al lado de Henning, junto a la ventanilla. Está tan entusiasmada que no deja de dar saltitos sobre su asiento. Cuando llega el momento de ponerse el cinturón de seguridad, empieza a lloriquear. Mamá acude para ver qué está pasando. Se inclina sobre ellos y procura tranquilizarla. Desprende un aroma especiado y ligeramente dulce, pero lo que más le gusta es su cabello largo, sus manos suaves y sus uñas de colores. Se intercambian los asientos. Él viajará al lado de la ventanilla, y Luna, en el centro. Despegan. Ascienden hacia el cielo. Henning no creía que fueran a atravesar las nubes. Pensaba que era una de esas cosas que los adultos dicen por decir. Ahora se da cuenta de que es verdad. Desde arriba, son como un grueso manto de nieve. Cualquiera diría que se puede correr sobre ellas. Se imagina saltando de una a otra, dando vueltas, lanzando al aire nieve de nubes o haciendo un muñeco con ella. Le gusta dejar volar su imaginación, para que el tiempo pase más rápido. Las historias que inventa no acaban nunca. Mamá siempre le ha dicho que es una suerte, que debe estar agradecido por ello. Quiere saber si van a volar hasta la luna. Sus padres se ríen. «No vas muy desencaminado —responde papá—. En realidad, el paisaje de la isla a la que nos dirigimos recuerda bastante al de la luna».

Le encanta hacer reír a sus padres. A ellos les gustan sus ocurrencias. Una vez dijo: «El tiempo que pasamos en el mundo es tan pequeño como una piedrecita». Mamá le abrazó y le besó, y papá anotó la frase en la primera página de un álbum de fotos. A Henning le fascina el paso del tiempo. Ha reflexionado mucho sobre ello. De ahí el comentario. Todavía no ha aprendido a leer la hora en el reloj, pero le gusta observar las manecillas. Es imposible captar su movimiento, a no ser que uno aparte los ojos y vuelva a mirar al cabo de un rato. Lo que más le molesta del tiempo es que siempre corre demasiado rápido o pasa demasiado lento. Nunca se ajusta al compás de la vida. Henning cree que no es su amigo. Eso también lo dijo en cierta ocasión y mamá le acarició durante un buen rato, estrechándolo contra su pecho.

En el avión, el tiempo se hace largo. No pueden levantarse ni correr por ahí. Se cansa de estar sentado. Empieza a pelearse con Luna. Su hermana quiere coger el camión de bomberos que le han regalado por su cumpleaños, un juguete del que nunca se separa. Le tira de la manga y empieza a gritar. Henning lo agarra con fuerza y lo aparta de ella para que no se lo lleve, hasta que mamá le pide que sea comprensivo con su hermana pequeña. Cuando Luna quiere coger sus cosas y él no se lo permite, empieza a lloriquear y su madre termina enfadada. Es horrible. Aún sigue siendo un bebé, lleva pañales y bebe leche de un biberón. Cuando está cansada, sacaría de sus casillas a cualquiera. No obstante, la mayoría de las veces hace lo que le pide. Se nota que le admira y que se siente orgullosa cuando la aplaude. A veces habla de una manera muy graciosa. Como cuando dice «mari posa» en lugar de «mariposa». Podría pasarse horas escuchándola. «¡Luna, di mariposa!». Y los dos se tronchan de risa. A ella le gusta reírse. Tiene una boca enorme, ideal para las carcajadas. Mamá suele decir que no es tan seria como él. Pero él debe ser serio, porque es el mayor. Tiene que cuidar de su hermana. Papá se lo dice a menudo. «Henning, vigila un momento a tu hermana, que eres el mayor». «Henning, eres el mayor y no puedes pegar a tu hermana pequeña». «¡Henning, si te descuidas, Luna se escapa! Tienes que estar pendiente». A menudo se angustia por ella. Antes de emprender el viaje preguntó si Luna se podía caer del avión. Mamá y papá se echaron a reír, aunque esta vez no lo decía en broma.

Despues del vuelo, todo es confusión. Corren de un lado a otro. Las maletas salen por unas puertas a una cinta transportadora. Falta el carrito de bebé. Mamá y papá andan de cabeza. Luna se queda dormida en el suelo, sobre la chaqueta de su madre. Él la vigila, aunque él también está cansado. Al final se sientan en un coche. Henning se duerme de inmediato. Cuando despierta, el coche está en una montaña. Las puertas rechinan y el maletero se cierra de golpe. Se apea. Da la vuelta y ayuda a Luna, que ha querido bajarse sola y ha estado a punto de caerse. Mira a su alrededor. Nunca había estado tan alto. Salvo en el avión. Es prácticamente como si aún siguieran subidos en él.

—¡Mira! —exclama—. ¡Fíjate en los coches de allí abajo!
—¡Pe queñitos! —dice Luna—. ¡Qué pe queñitos!
Los coches que circulan por el valle parecen de juguete, tan diminutos como los de Matchbox, y la carretera que discurre entre las montañas no es más que una línea de color gris. Se queda embobado contemplando el paisaje. Casas diminutas, con palmeras diminutas, como si fueran plumeros para limpiar el polvo. Hasta una excavadora que mueve la pala. Aunque está lejos, alcanza a oír el traqueteo de las piedras.
—Papá, ¡ahí abajo están construyendo una casa!
Pero sus padres no tienen tiempo de atenderle, están ocupados trasladando las maletas y las bolsas. Henning coge a Luna de la mano y sale corriendo detrás de ellos.
La casa es gigantesca. Le recuerda a un castillo de cuento, pero es blanca, no marrón ni gris. Una imponente torre y una puerta de madera colosal. Le falta el puente levadizo. Dentro hay una sala grande. La luz entra desde arriba. Es la primera vez que ve algo así. En el pasillo se abren distintas puertas que conducen a las habitaciones. Es como un laberinto en el que cualquiera podría perderse. Pero, antes de nada, quiere explorar el jardín, y sale corriendo con su hermana. Así que este es el aspecto que tiene la luna. Hay grava negra por todas partes. Se les mete en las sandalias y cruje cada vez que dan un paso. Mamá les ha dicho que las piedrecitas negras se llaman «picón». Los cactus que crecen por aquí son tan altos como una persona. El sol es abrasador. Pueden jugar a caballeros, a piratas, a la guerra, incluso a escaparse de casa. Hay tantas posibilidades que no sabe por dónde empezar. Tienen un montón de escondites. Reptan por debajo de los arbustos o se suben sobre las barandillas y avanzan tambaleándose. Henning lleva

a Luna de la mano, procura que no se caiga. Es el mejor hermano del mundo. Es lo que dice mamá cuando ha cuidado bien de ella.

De repente la oye gritar y acude corriendo a su lado. Piensa que se ha caído, le pregunta dónde le duele. Pero el caso es que está de pie y señala a la pared sin dejar de llorar.

—¡Añas! ¡Añas! ¡Añas!

Es entonces cuando las ve. El muro está cubierto de arañas. Son gigantescas, hay tantas que nadie las podría contar. Nunca había visto, ni siquiera habría soñado, algo tan espantoso. Agarra a Luna del brazo y salen corriendo a buscar a papá. Tardan tiempo en encontrarle. Está en la terraza, echado sobre una tumbona. Ha encendido un cigarrillo y no le apetece levantarse, pero ellos gritan y tiran de él hasta que se decide a acompañarlos.

Cuando ve las arañas, deja escapar un suspiro de asombro.

—Son muchísimas, ¿no, papá?

—Muchas —responde él, acariciando con una mano la cabeza de Henning y sujetando el brazo de Luna, que sigue llorando, con la otra—. ¡Ulla! ¡Trae la cámara!

Mamá toma algunas fotos de las arañas. Le parecen «una rareza» y un «motivo» muy interesante. Luna no deja de chillar.

—¡Quítalas! ¡Quítalas!

—Muy bien, cariño —dice papá, cogiéndola en brazos—. ¡Ahora mismo las quitamos!

Se marcha y vuelve con una manguera de jardín. Debe de pesar lo suyo, porque le cuesta bastante arrastrarla hasta el muro.

—¡Cuidado! —advierte antes de abrir la boquilla.

El chorro de agua que golpea la pared se lleva consigo el ovillo de arañas, que acaba en el picón. Luna, entusiasmada, grita de alegría. Henning observa con los ojos muy abiertos. Lo que ve le pone enfermo. El agua se lleva las arañas, les arranca las patas. Lo que antes eran inmensos soles se transforman en un pegote repugnante. Algunas intentan huir. Papá se entretiene persiguiéndolas con el chorro hasta que, empapadas, resbalan del muro. Caen a montones sobre el picón. Se retuercen en los charcos, tratando de sacudirse el agua que se pega a sus patas. Henning no lo soporta más. No acierta a comprender qué divierte tanto a su padre. Se aparta de él y de Luna, y entra en casa.

Durante los días siguientes es como si vivieran en el paraíso. Van a la playa. Henning disfruta construyendo castillos y fosos con la arena tibia mientras Luna chapotea en una piscina hinchable de color amarillo, que papá llena con agua del mar. A veces salen de excursión. Recorren el curioso paisaje volcánico de la isla. Aunque llevan las ventanillas bajadas, el coche acumula tanto calor que no tardan en detenerse a tomar un helado o una limonada, sentados bajo las sombrillas de un restaurante.

Sin embargo, la mayor parte del tiempo la pasan en la casa. Allí es donde se encuentra más a gusto. Un cielo de color azul intenso se extiende sobre el jardín. Una ligera brisa acaricia la piel. El rumor de las hojas de las palmeras se confunde con el de las olas. El aire huele a mar. Cuando uno cierra los ojos, el sol dibuja círculos en el interior de los párpados. Se mueven como en un calidoscopio. Henning y Luna exploran cada rincón del jardín, salvo el muro de las arañas, un punto que procuran evitar. Al día siguiente volvían a estar allí. Había tantas como antes. Soles de ocho rayos, todos distintos, formando extraños motivos. Henning no sabe si lograron secarse y volver a subir o si se trata de otras nuevas que han ocupado el lugar de las que se ahogaron. Parece que papá se ha cansado de tirar de la manguera del jardín, así que las arañas van a seguir donde están. Y los hermanos tratan de no pensar en ellas.

Hay otro lugar del jardín que deben evitar. Detrás de la casa se extiende una plataforma de hormigón, una especie de terraza, aunque no tiene ni mesa ni sillas. Sería un buen sitio para jugar a pillar, pero mamá les ha prohibido que se acerquen allí. En el centro hay un agujero cuadrado. Cuando mamá lo descubrió, se puso hecha una furia.

—¡No es posible! Werner, ven aquí ahora mismo. ¡Tienes que ver esto! ¡No quiero ni pensar lo que ocurriría si un niño llegara a caerse ahí dentro!

Cogió a Henning y a Luna de la mano y los llevó con cuidado hasta el borde del agujero. La pequeña se acercó pasito a pasito y se inclinó hacia delante. La ventana negra le daba miedo. A Henning le preocupaba que se acercase tanto. Sentía vértigo. Aunque sabía que mamá la tenía bien sujeta, le habría gustado cogerla y sacarla corriendo de allí.

—Ahí abajo vive un monstruo —aseguró mamá.

Y él, que miraba absorto aquel abismo tenebroso, insondable, se echó hacia atrás. Un escalofrío recorrió su cuerpo.

—Si os acercáis demasiado, os arrastrará a las profundidades. Aquí no podéis venir a jugar. Manteneos alejados, ¿entendido?

Papá cubrió el agujero con una tabla, para que el monstruo no saliera. Pero, cuando se hace de noche y se meten en sus camas, Henning no deja de pensar en él. Sospecha que el monstruo vive bajo la casa, en un sótano lleno de agua, sin luz, a una profundidad infinita. A veces oye ruidos. Golpes sordos. Está convencido de que es él, aunque mamá asegura que no es más que el viento. Prefiere no hablar de ello con Luna para no asustarla. La habitación en la que duermen ya es siniestra de por sí. Está completamente vacía, salvo por las dos pequeñas camas de madera que papá ha juntado para puedan echarse uno al lado de otro. Además, ha colocado dos sillas, con el respaldo vuelto hacia atrás, para que la niña no se caiga por la noche. Es una estancia pequeña, con rejas en las ventanas. En la pared cuelga el cuadro de una mujer que levanta sus ojos hacia el cielo y llora lágrimas rojas. Mamá se sienta todas las noches en el borde de la cama. Mientras ella está allí, todo va bien. Les lee un cuento y les acaricia. La verdad es que hace fresco, pero la colcha gruesa les proporciona calor. Henning se encuentra a gusto. Sin embargo, cuando mamá se marcha, todo cambia. El cuarto se expande, las paredes desaparecen, la oscuridad comienza a palpitar. Luna se queda dormida, está cansada, no para en todo el día. Henning se queda callado, mirando a la mujer del cuadro, pensando si llora por el monstruo. Tal vez haya devorado a sus hijos, porque en el cuadro no se ven niños.

Si tiene que levantarse para ir al lavabo, se siente amedrentado por el tamaño de la casa y por el grosor de las paredes. Tiene que dominarse para no llamar a gritos a sus padres. Es difícil que se pierda durante el día, pero, por la noche, la casa se transforma en un laberinto. A veces llega al cuarto de baño sin problemas, pero le cuesta encontrar el camino de vuelta al dormitorio. Entonces piensa en Luna, sola en la cama, debajo de la mujer que llora. Le preocupa que el monstruo entre a buscarla. Cuando se mete por fin entre las sábanas, se tapa con la colcha y siente a su hermana junto a él, respira aliviado.

A la mañana siguiente, sus temores desaparecen. La casa vuelve a llenarse de claridad. Se ve perfectamente. Henning no cree que exista un monstruo. Desayunan en la terraza. Papá baja con el coche al pueblo de al lado y trae cruasanes frescos. Huele a café. A mamá le parece increíble que el sol caliente tanto siendo tan temprano. Sus rayos iluminan los rostros de todos ellos. Es un lugar apacible y hermoso.

Mamá y papá suelen discutir. También lo hacen en casa, en Alemania. Mamá cree que discutir no es malo. Henning y Luna también se tiran a veces de los pelos y, sin embargo, se quieren. Ahora bien, que sus padres se peleen es distinto, aunque él no sepa cómo explicarlo.

Un hombre viene a trabajar en el jardín cada dos días. Se llama Noah. Riega las palmeras, poda las plantas, barre las flores que se han caído y pasa el rastrillo por el picón negro hasta que desaparecen las huellas que dejan los pies de los niños. La mayoria de las veces termina la jornada revisando el sistema de riego. Pequeñas mangas, unidas unas a otras, como si fueran serpientes que escupen agua por sus bocas. Ellos se ponen en cuclillas a su lado para observar lo que hace. Habla mucho, les explica en qué consiste cada tarea, aunque, como se expresa en español, no entienden ni una palabra. Henning ha aprendido a decir «¡Hola!», «¿Qué tal?» y «Gracias». Luna solo sabe decir «Sí» y «No». A Noah le parece simpatiquísima. Al principio tenían miedo de él, porque habla alto y no guarda las distancias. Saluda a mamá con un beso, a papá le da palmadas en la espalda y lanza a Luna por los aires. No es de extrañar que las primeras veces se echase a llorar. Ahora les cae muy bien. Sobre todo, cuando no saben a qué jugar. Noah permite que Henning sujete la manguera y que Luna vaya recogiendo las flores secas en un cubo. A veces los sienta a los dos en la carretilla y se los lleva a dar una vuelta alrededor de la casa. Las piedrecitas se les meten dentro del calzado. Los primeros días se pasaban el día quejándose. Picón, picón, picón. No hacían otra cosa que vaciarse los zapatos. Luego empezaron a cansarse, sobre todo porque Luna necesitaba ayuda para calzarse y mamá no estaba dispuesta a que la llamasen continuamente. Terminaron acostumbrándose, ya casi ni las notan. Por la noche, cuando mamá les quita los zapatos, encuentra montones de picón.

—¡Debe de haber dos kilos! —exclama, sacando los zapatos a la terraza para sacudirlos.

Una vez acuden a una playa que no es de arena, sino de piedras negras. Son redondas y lisas. Las hay de todos los tamaños. Las más pequeñas son como guisantes; las medianas, como huevos de oca; las grandes, como calabazas. Mamá está entusiasmada. Recoge las que le parecen más bonitas. Llena la bolsa de playa con ellas. Otros turistas las han utilizado para construir pequeñas torres. Parecen hombres con graciosos sombreros, que miran al mar. Papá les ayuda a levantar su propia torre. Los niños escogen las mejores piedras y su padre las va apilando unas encima de otras, con cuidado, para que no se caigan. Utiliza expresiones como «estabilidad», «centro de gravedad» y «punto de equilibrio», que a ellos les vienen demasiado grandes, aunque no les importa. Pasan un día formidable. Luna demuestra lo bien que anda; Henning juega a ser arquitecto; mamá y papá están contentos y no se quejan ni una sola vez de que les saquen de quicio. Las olas rompen contra las rocas levantando penachos de espuma blanca. Las piedras redondas producen un curioso sonido cuando el agua se retira haciendo que choquen unas contra otras. Parece la música de un instrumento mágico. Cuando Henning llama la atención de mamá sobre ello, ella le da un beso y le dice que posee talento para percibir la belleza. Es como si las piedras negras concentrasen una fuerza especial.

En el camino de vuelta, mamá se empeña en parar en alguna tienda para comprar pinturas. Recorren la isla de un lado a otro. Hace calor. Luna empieza a lloriquear. Papá se pone de mal humor y termina gritándole. Lo único que consigue es que llore con más fuerza. Pero mamá no cede hasta que encuentra los colores que busca. Compra además varios pinceles y un botecito de laca transparente.

Una vez en casa, se sientan en la mesa de la terraza y mamá le entrega una piedra a cada uno. Luna acaba en dos minutos: llena su piedra de manchas de pintura y la que le sobra la extiende por el borde de la mesa y por su cara. Henning pinta un coche con las ruedas rojas y el techo azul. Mamá pinta su piedra con puntitos de diferentes colores. No es fácil adivinar qué está dibujando. Cuando le pregunta, se limita a decir que aún no ha acabado y sonríe, feliz.

A la mañana siguiente, ya las tiene listas. Se las encuentran sobre la mesa del desayuno. Mamá les ha dejado una a cada uno. Dice que son un regalo. A Luna le ha tocado un milpiés de colores. Parece un arcoíris. Grita entusiasmada, apretando la piedra contra la mejilla, como si se tratara de un peluche. La piedra de papá es un caracol. En la de mamá hay una serpiente. Henning tiene un escarabajo dorado con puntos de colores, largas antenas y patas fuertes. Al principio no está seguro de que le guste, pero luego mamá le explica que se llama «Escarabeo» y que trae suerte. El nombre es bonito y la piedra tiene un tacto maravilloso: lisa y pesada. Corre con Luna a la habitación y colocan las piedras en el cabecero de la cama, para que la estancia no parezca tan lóbrega y triste.

Es un día especialmente caluroso. Se nota que las vacaciones se acercan a su fin. El tiempo pasa, los días parecen transcurrir cada vez más rápido. A pesar del calor, juegan en el jardín. Trabajan en su museo de caracoles. Quieren acabarlo a toda costa. Han colocado varias piedras a la sombra de una palmera. Unas son negras y redondas, de las que recogieron en la playa; otras son blancas y se rompen con mucha facilidad; también las tienen de color ocre, con oscuros agujeros; incluso hay unas cuantas en tonos verdes que relucen bajo el sol. Serán los expositores sobre los que colocarán las conchas de caracol y de moluscos. Unas son redondas, otras con aristas; unas son pequeñas, otras grandes; unas tienen manchas y otras tienen bandas; unas son brillantes y otras mates. Henning va dando instrucciones, es el arquitecto; Luna, la asistente. Cuando está contenta, como ahora, parlotea sin parar, hablando consigo misma. Todo lo que dice suena como una pregunta, porque alarga las palabras.

—¿Traigo más caroleeees?

A él le gusta que hable con lengua de trapo, con esa entonación. Le transmite paz. Es como escuchar el fluir de agua o el trino de los pájaros.

Empieza a hacer demasiado calor. Henning tiene la garganta seca. Propone a Luna que entren a ver a mamá y a beber algo.

Podrían pasar de la terraza a la sala a través de la puerta de madera de doble hoja, pero la manilla está demasiado dura.

Para llegar a la cocina tienen que ir al otro lado de la casa, cruzando por delante de la pared de las arañas. Se cogen de la mano y corren lo más rápido que pueden, lo que a la niña le permiten sus piernecitas. A él le gustaría ir más ligero, pero, cuando se adelanta, Luna empieza a gritar, se deja caer de rodillas y no da un paso más. Y tiene que volver atrás y tirar de ella. No resuelve nada. De hecho, tiene que enfrentarse a las arañas una y otra vez.

La cocina está fresca, pero no hay nadie. Así que recorren el pasillo y llegan a la sala grande. La entrada está cubierta con una gruesa cortina. «¿Qué harán ahí dentro?», preguntó papá el primer día. Mamá respondió: «¡Bailar!». Cogió a Henning en brazos y comenzó a girar con él en círculo, mientras cantaba: «Ven, hermanito, baila conmigo». Dieron tantas vueltas que se marearon.

Henning retira la cortina y queda deslumbrado por el torrente de luz que entra a través de la cúpula. Es solo un instante... Luego ve a un hombre. Está de pie o arrodillado o inclinado sobre el sofá cama con la funda de colores. Tiene la espalda desnuda. Desde su posición, distingue el vello negro repartido a ambos lados de la columna vertebral, una carretera con dos carriles. Conoce esa espalda, porque Noah trabaja a veces sin camiseta. Lo siguiente que ve son las piernas de mamá. Lleva puestas esas sandalias doradas que a él le parecen tan bonitas. Alcanza a ver su blusa de verano y el final de su trenza rubia. El resto se esconde bajo del cuerpo de él, que se mueve con furia, empujándola como si quisiera hundirla en el sofá cama. Luna rompe a llorar. Noah se da la vuelta. Mira a los niños. Tiene la boca abierta, como si estuviera a punto de gritar. Henning sale corriendo. Esta vez no espera a su hermana, aunque la pequeña chilla desesperada. Tiene que ir a buscar a papá. Sabe dónde encontrarle. En realidad no debería molestarle, se enfadará con él, pero no le importa. Tiene que salvar a mamá. Corre tan rápido como se lo permiten sus piernas. Ha empezado a llorar. Papá está echado en una tumbona, junto al muro del jardín. Sostiene entre sus dedos uno de esos cigarrillos gruesos que lía él mismo y que huelen tan raro. Parece dormido. Henning le coge del brazo y le sacude. El cigarrillo cae al suelo. Papá reacciona desconcertado:

—¿Es que te has vuelto loco? —pregunta.

—¡Mamá! ¡Noah! ¡Tienes que venir! —responde él atropelladamente.

Papá le agarra por los hombros, le mira a los ojos y dice:

—¡Tranquilízate! ¿Qué ha pasado?

Pero no sabe explicarse. Quiere que vaya, eso es todo. Tira de él y se adelanta corriendo. Papá termina levantándose y sale tras él a la carrera, esquivando los arbustos en flor.

Mientras se dirigen a la puerta de atrás, se abren las dos hojas de la principal. Papá se da la vuelta. Y él le imita. Ven a Noah corriendo por la terraza. Salta por encima de la barandilla y aterriza en el jardín. La gravilla sale despedida en todas las direcciones, como si hubiera explotado bajo sus pies. Cruza en dos zancadas el paseo de las palmeras y llega al lugar donde ha aparcado su coche. Al principio, papá se dispone a ir tras él, pero oye los gritos de Luna en la casa. Está histérica, como si hubiera pasado algo terrible. Por primera vez en la vida, nota que su padre tiene miedo. Se fija en su cara. Sus ojos se han oscurecido y gira la cabeza con brusquedad. El miedo de papá es peor que el suyo propio. Henning está delante de él, a escasos metros de la puerta de madera. Entran juntos en el salón.

Lo que ven es asombrosamente normal. Mamá tiene a su hermana en brazos. Pasea con ella de un lado a otro, tratando de calmarla. Luna llora con todas sus ganas. Suda. Tiene la carita roja, congestionada, y las manos crispadas. La trenza de su madre está algo deshecha. La falda vuelve a caer sobre sus rodillas. Lleva puestas las sandalias y la blusa de verano:

—No ha sido nada. Tienes que andar con más cuidado para no caerte.

Él sabe que no se ha caído. Está llorando por lo que Noah le ha hecho a mamá. No se le olvida que ha salido corriendo. Le han visto. Henning levanta los ojos hacia papá. Quiere explicarle que lo que ha ocurrido no es eso, que no ha ido a buscarle sin motivo, que ha ocurrido algo espantoso. Pero es como si él ya lo supiera. Tiene la mirada fija en mamá. Luego se da la vuelta y desaparece. Le oye arrancar el coche de alquiler, escucha el chirrido de los neumáticos y el rugido del motor, mientras el vehículo se abre camino por el sendero pedregoso. Todo queda en silencio, salvo por el gu-gu, gu-gu de una abubilla. En otras ocasiones, mamá ha salido corriendo a la terraza para enseñarles ese pájaro con esas plumas tan curiosas en la cabeza. Hoy parece que no lo oyera. Luna deja de llorar y mira a Henning, como si todo esto fuera un juego y no supiera muy bien cómo continuar. De repente, mamá reacciona y anuncia que va a hacer la comida. Él no cree que sea hora de comer, pero está contento de que pase algo. La rutina vuelve a ponerse en marcha, como una rueda bloqueada por el óxido que vuelve a girar después de darle una patada. Así que se adelanta, y entra en la cocina saltando y cantando:

—¡Tenemos hambre, hambre! ¡Tenemos hambre!

Lo normal habría sido que mamá se hubiera echado a reír, como hace siempre, pero sigue callada, mientras prepara la tortilla. Henning y Luna también guardan silencio, más formales que nunca, no se pelean, no arman jaleo, y ella no tiene que pedirles ni una sola vez que bajen la voz. Un olor delicioso se extiende por la casa. Huele a familia y a seguridad. Ese día no comen en la terraza, sino en la cocina. Luna está sentada en el regazo de mamá. Ninguno dice nada. Mamá no les pregunta a qué han estado jugando en el jardín. No es la primera vez que papá falta a una comida pero, hoy, su ausencia se nota especialmente.

El resto del día transcurre sin sobresaltos. Sin embargo, ellos se dan cuenta de que algo no va bien. No se les ocurre nada a lo que puedan jugar juntos. Luna está rabiosa. Golpea con los puños el museo de los caracoles y lo destroza todo. Henning se echa a llorar, sale corriendo a buscar a mamá y se abraza a sus piernas buscando consuelo. Después pasan un rato zascandileando en la cocina. Observan a mamá mientras realiza las pequeñas tareas diarias. La siguen al cuarto de baño, a la sala, al dormitorio, a la terraza, hasta que se enfada con ellos y les pide a gritos que se estén quietos de una vez. Cuando le dice que Luna tiene el pañal a rebosar, mamá se pone a refunfuñar, como si los pañales fueran lo peor del mundo.

Henning va a buscar unos libros que han traído de Alemania. Se sienta en la terraza, a la sombra. Luna se coloca a su lado. Van pasando juntos las páginas manoseadas. La pequeña expresa su entusiasmo lanzando gritos de júbilo cuando encuentra algo.

—¿Dónde está el gato?

—¡Ahííí!

Así va pasando el tiempo.

Oyen un motor. Es el coche de alquiler. Papá se apea. Salen corriendo a su encuentro. Se echan en sus brazos. Él los coge y los estrecha contra su pecho, muy fuerte. Les acaricia el pelo, les da besos, los columpia de un lado a otro y luego gira en remolino varias veces con cada uno de ellos, algo que les encanta.

Salen corriendo, entran en la casa antes que él.

—¡Mamá, papá ha vuelto!

Pero ella no acude a recibirle. Debe de estar dentro, en alguna parte. Así que se ponen a buscarla. La encuentran en la cocina. Tiene aspecto de haber llorado. Sus padres no se saludan. Se miran en silencio uno a otro y sacan a los niños de allí.

Se quedan en la terraza. Mamá y papá están gritando, pero no logran entender lo que dicen. Los libros han perdido todo su encanto. No son más que páginas desgastadas a las que Luna ha arrancado las esquinas. Los llaman a cenar. No hay más que pan blanco con embutido y unos huevos duros. Henning apenas prueba bocado. Nadie habla. Si hubiera un reloj en la cocina, se oiría su tic tac.

En cuanto terminan, mamá los acuesta, aunque no están cansados. Se sienta al borde de la cama y se queda mirándoles. Henning la coge de la mano. No quiere que se marche. Tiene que quedarse toda la noche. Le suplica que les lea un cuento, pero ella no está de humor. Les pide que no se preocupen. Las cosas con papá se arreglarán. A veces, los adultos también cometen errores. Lo importante es darse cuenta y enmendarlos. Él asiente con absoluta convicción. Si se pelea con mamá o con Luna, se siente como si le desgarraran la carne. El dolor que siente es difícil de soportar. Cuando se reconcilian, la herida se cierra y un agradable temblor recorre su cuerpo de pies a cabeza. Se lo cuenta a mamá, y ella se lo come a besos. Después se vuelve hacia Luna y la besa, prometiéndole que todo irá bien. No obstante, les cuesta quedarse dormidos. Ya no se oyen gritos, pero él no se atreve a ir con mamá y papá. Recogen las piedras pintadas y se las llevan a la cama. Luna es el milpiés, y Henning, el escarabajo. Los dos insectos pasean sobre la colcha, se pelean y se reconcilian, se rescatan de agujeros en los que habitan monstruos, hasta que la niña se queda dormida.

A la mañana siguiente, mamá y papá se han marchado. Henning se levanta, Luna sigue dormida. Avanza por el pasillo, que, con la luz de la mañana, ha recuperado sus antiguas dimensiones, y acaba en la sala, donde el sol ya entra a raudales. Como de costumbre, la puerta está abierta de par en par. De esta manera corre el aire y la casa se refresca. Se dirige a la cocina, donde a esas horas siempre huele a café, un aroma dulce y amargo. Mamá suele estar fregando los platos o colocando en una bandeja lo que van a necesitar para el desayuno.

Pero en la cocina no hay nadie. No huele a nada. Deben de estar en la terraza. Henning atraviesa la sala una vez más. Sus pies descalzos producen un sonido inconfundible al caminar sobre las baldosas frías. Sale al exterior por la puerta principal. Hace calor, la claridad le deslumbra. La terraza está resguardada del viento por una pared y protegida del sol gracias a un tejado de madera. Junto a la balaustrada hay una mesa grande con bancos de piedra. Allí es donde acostumbran a desayunar.

La mesa está vacía. No se ve ni a mamá ni a papá.

Entonces oye el canto de la abubilla. Escucha el susurro del viento, que sopla entre las hojas de las palmeras. Se parece al sonido de la lluvia al caer sobre la cubierta de una tienda de campaña. Nota el suelo bajo sus pies. Acaba de empezar el día y las piedrecitas ya se le están clavando en las plantas. Tal vez sigan durmiendo. A veces se levanta demasiado temprano. En verano amanece antes, pero el mundo está vacío, sin vida. En cualquier caso, no cree que haya madrugado tanto. La claridad le permite hacerse una idea de qué hora es. Observa el cielo, el sol y el jardín. Tienen los colores del desayuno. No es hora de dormir. A pesar de ello, se pone en camino hacia el dormitorio de sus padres, que se encuentra en el lado derecho de la casa o, como dice papá, en el «ala oeste». Otro pasillo, más puertas, un cuarto de baño. Solo quiere echar un vistazo. No pretende molestar. No va a meterse en la cama con mamá, como hace cuando ha tenido una pesadilla. Se acerca sin hacer ruido para no despertar a papá. La puerta del dormitorio está entornada. Henning introduce la cabeza por la rendija. La habitación está iluminada, las cortinas están corridas, la cama está hecha. Se le escapa un suspiro de alivio. Así que ya se han levantado. Seguro que están en el baño. Entonces no se les puede molestar.

Va a la cocina, se sienta a la mesa y se pone a esperar. Justo delante tiene unas cuantas piedras negras, redondas. Una de ellas está salpicada de puntos verdes y rojos. Es difícil decir qué figura van a formar. Los pinceles están ordenados unos al lado de otros sobre un trozo de papel de cocina. No falta un vaso de agua medio lleno. El líquido ha adquirido un tono imposible de definir. La paleta está llena de colores que han salido de diferentes tubos. Le gusta el olor que desprenden. Sabe que no puede tocar nada, pero hunde la nariz en un trapo manchado de pintura. Le marea un poco, pero le recuerda a mamá.

Se cansa de estar sentado y vuelve a recorrer la casa. No se oye nada. Nadie duchándose, nadie lavándose los dientes, ninguna maquinilla de afeitar, ni siquiera los resoplidos de papá cuando se suena la nariz por las mañanas. Henning regresa a su habitación. Luna está echada boca abajo, pataleando en el aire y hablando sola. Tiene el milpiés en la mano y, para hacerle saltar, lo lanza hacia arriba. En cuanto le ve, le dice hola. Él se queda de pie en medio de la habitación. Su hermana tiene el mismo aspecto de siempre. Todo tiene el aspecto de siempre. Pero él no sabe qué hacer. En otras circunstancias, tomaría a Luna de la mano e iría con ella a la terraza, donde papá la cogería y la sentaría en su regazo. Él treparía al banco, se colocaría al lado de mamá y comenzarían a desayunar. Le ruge el estómago. Tiene un hambre atroz.

Se acuesta al lado de Luna. Juegan un rato con las piedras, hasta que la niña arruga la naricita y dice muy seria:

—¡Comer!

Siempre le entra el hambre de repente, no puede esperar. Si no le dan algo rápido, se pone furiosa.

La ayuda a bajar de la cama, para que no se caiga. Ella se adelanta, recorre el pasillo, cruza la sala, llega a la puerta principal y sale a la terraza. Conoce el camino exactamente igual que él. Sus pies descalzos producen el mismo sonido. Viéndola correr delante de él, se convence de que sus padres estarán sentados en la terraza, de que todo será normal, de que, en cuanto doblen la esquina, los recibirán con alegría, sorprendidos de que hayan tardado tanto en venir.

La terraza está vacía.

—¿Dónde mamá? ¿Dónde papá? —pregunta Luna.

—No sé —responde, a punto de llorar.

Luna sabe bien lo que quiere. Entra corriendo en la casa. Él la sigue, aunque va más lento. La alcanza en la cocina. Vuelve a preguntar por mamá. Y él le contesta que volverá dentro de un rato.

Le llama la atención un detalle que antes había pasado por alto. Hay algo en el suelo. Un vaso roto y un charco de color rojo. Es vino. Lo sabe por el olor. Los restos de la cena están al lado del fregadero. Deberían haber guardado la leche y el queso en el frigorífico. En el dormitorio de sus padres también había cosas tiradas por el suelo. El armario estaba abierto, y la ropa, desperdigada por todas partes. Mamá le concede mucha importancia al orden. Se pone hecha una furia cuando ellos no recogen lo que han sacado.

—No pises ahí —dice señalando los trozos de cristal y, como ella no le entiende, la coge de la mano, la acerca al charco y vuelve a advertirle—. ¡Ahí, pupa! ¡Pupa!

—Pupa, pupa — repite la niña señalando el suelo.

De repente, el tiempo se detiene. Henning introduce un dedo del pie en el vino y dibuja círculos sobre el suelo. El sol entra a través de la ventana, una bandada de gorriones trina en una palmera. Es como si nada fuera a cambiar jamás, como si no tuvieran que preocuparse por el futuro. Cuando Luna se dispone a imitarle metiendo un dedo del pie en el vino, exclama:

—¡No!

El tiempo vuelve a contar. Y saca a la pequeña de la cocina.

—Estamos buscando a mamá —le dice.

Se le ha ocurrido una idea. Tal vez se han levantado demasiado tarde y sus padres ya han acabado de desayunar. Mamá habrá salido a dar un paseo y papá estará echado en la tumbona, junto al muro del jardín, fumándose uno de esos cigarrillos tan gruesos que se lía él. Henning se pone los zapatos en la terraza. En realidad, no debería salir en pijama, pero cree que hoy puede hacer una excepción. Pronto surge otro problema. Luna no está dispuesta a permitir que le ayude a calzarse. Él coge uno de sus zapatos, pero, cuando se lo va a poner, ella se lo quita de la mano y empieza a protestar:

—¡Es mío!

—¡Tienes que calzarte! —le explica—. Vamos a ir a buscar a mamá. La gravilla, pupa en los pies.

Luna se pone cabezona. Se pelean un rato, hasta que él cede.

—Entonces ve descalza.

Ella chilla emocionada y echa a andar torpemente detrás de él. Baja las escaleras, pone el pie en la gravilla y tuerce el gesto.

—¡Pupa! —grita.

—¿Lo ves? Te lo dije.

La pequeña se deja caer de rodillas y cruza los brazos. Eso significa que no pretende moverse ni un centímetro.

—Me da igual —dice él—. Yo voy a buscar a mamá.

En cuanto se aleja unos metros, la oye gruñir. Pero sigue adelante. Aunque ella grita cada vez más. No llega a dar ni diez pasos. Luna gime y llora a pleno pulmón. Tiene el rostro descompuesto, congestionado. A Henning se le revuelve el estómago. Parece que estuviera a punto de vomitar. Vuelve sobre sus pasos, se arrodilla al lado de su hermana y la abraza. La desolación de la niña alcanza dimensiones cósmicas. La mece de un lado a otro igual que haría mamá. Él también se echaría a llorar de buena gana, pero no puede. Tiene que protegerla.

Después de pasar un rato en cuclillas, se le ocurre otra idea.

—¡Espera aquí! —exclama levantándose de un salto.

Luna deja de llorar y le sonríe. Ha entendido. Su hermano va a buscar algo, se trata de esperar. Cuando lo hace, la mayoría de las veces sucede algo emocionante, un juego nuevo, algún descubrimiento. Henning corre por la terraza y entra en la casa. Es bueno tener un plan. ¡Es bueno correr! Regresa con un par de calcetines, los más gruesos que ha podido encontrar. Juntos consiguen ponérselos. Así podrá andar sobre la gravilla. Se la ve entusiasmada. No puede esperar para correr por el jardín.

—Uno, dos, tres, cuatro, cinco, seis, siete, ocho, nueve... ¡Voy!

Luna se pone a contar como si estuviera jugando al escondite. Piensa que es una diversión. Y tal vez lo sea. Y él asume su papel:

—¡Escóndete! ¡Escóndete que voy!

Corren por el jardín. Encuentran la tumbona de papá:

—Aquí no papá —dice Luna.

Acuden al lugar donde mamá se sienta a contemplar el valle. Pasan incluso por delante del muro de las arañas y llegan a subirse a la plataforma de hormigón bajo la cual se esconde la profunda caverna en cuyas aguas habita el monstruo. Henning trata de apartar su vista de la tabla que cubre el agujero. Teme que pueda levantarse en cualquier momento. No quiere ni pensar en lo que surgiría de allí.

Después de dar una vuelta entera al jardín, la niña deja de contar y empieza a quejarse. Él quiere seguir adelante. Cuenta más alto:

—Siete, ocho, nueve... ¡Voy!

Coge a Luna de la mano y la anima a correr. No quiere que el juego acabe. Si dejan de jugar, tendrán que enfrentarse a una realidad que no podrían soportar: mamá y papá han desaparecido.

El sol es abrasador. Luna no puede más. Se suelta de la mano de su hermano y empieza a farfullar.

—Está bien —concede él—. Vamos a casa. Seguro que mamá ya está dentro.

—¡Sí! —exclama Luna, y sale corriendo, con energías renovadas.

Al llegar al pie de la escalera que sube a la terraza, se da cuenta de que el coche no está en su sitio. En ese punto, el muro del jardín es más bajo y hay un portón que siempre está abierto. Detrás se extiende una explanada, donde aparcan el coche. A partir de allí comienza el sendero pedregoso por el que se baja al valle. Está lleno de guijarros y de baches, de modo que, al descender, el morro del coche se hunde como la proa de un barco en alta mar. Cuando esto sucede, Henning y Luna, que viajan en el asiento de atrás, chillan con una mezcla de emoción y miedo.

Para asegurarse, Henning camina hasta la puerta, se asoma a la explanada y echa un vistazo a su alrededor. Como siempre, el panorama le abruma. Las montañas son demasiado grandes para abarcarlas con la mirada. Cordilleras macizas, que oscilan entre el negro y el ocre, y cuya silueta se recorta contra el cielo azul oscuro. En algunos puntos afloran estratos de roca descomunales; en otros, el terreno se hunde creando profundas vaguadas, como si un enorme gusano hubiera reptado por ellas. En una de las laderas descubre un enjambre de puntos marrones y negros. Es un rebaño de cabras que avanza mordisqueando las hierbas secas. Los puntos blancos que se mueven a su alrededor son garzas. Eso fue lo que les explicó mamá. Algunas veces se posan sobre la espalda de las cabras y cabalgan sobre ellas. Abajo, en el valle, se encuentra el pueblo. Es diminuto, pero está lleno de vida. Desde arriba se escucha el sonido de los martillos, el ladrido de perros, los motores de los coches y, a veces, las voces de los niños. No cabe duda: la explanada está vacía.

—¡Mira, Luna! —exclama—. ¡El coche no está!

La pequeña se acerca a él. Henning, rebosante de alegría, le agarra de las manos y ambos empiezan a dar vueltas en círculo.

—¡El coche no está! ¡El co-che no es-tá! —canturrea.

Luna no entiende nada, pero le gusta que su hermano baile con ella.

—Mamá y papá están en Femés —le explica—. ¡Han ido a buscar cruasanes para el desayuno!

—¡Desayuuuuno! —grita Luna exultante de alegría.

Ríe a carcajadas y sale corriendo en dirección a la casa. Él vuelve a notar lo hambriento que está.

Entran en la cocina y deciden dar una sorpresa a mamá y a papá: poner la mesa para el desayuno. Primero tendrán que limpiar. Con mucho cuidado, Henning retira los cristales del suelo y los echa al cubo de la basura. Luego trata de recoger el vino. Se asusta cuando el paño de cocina se tiñe de rojo. Confía en que mamá no se enfade. La mayoría de las veces se muestra comprensiva, cuando sabe que su intención era ayudar. Después, abre el cajón de los cubiertos. Encuentra todo a la primera. A Luna le encanta poner la mesa. Él le entrega una cucharilla y ella sale a toda prisa, atraviesa el pasillo, la sala, la puerta que da a la terraza y la coloca sobre la mesa de piedra. Y regresa. Henning la oye corretear sobre las baldosas. Como anda con calcetines, resbala y cae al suelo. Recoge la siguiente cucharilla y repite el mismo proceso. Va llevando los cubiertos de uno en uno. Esta tarea absorbe toda su atención. Él prepara los platos y se asegura de no haber cometido ningún error contándolos con los dedos: mamá, papá, Luna... ¡casi se olvida del suyo! Son cuatro. La pila es bastante pesada. Trata de alcanzar la panera, pero no llega ni poniéndose de puntillas. Necesita una silla. A mamá no le gusta que se suba en las sillas de la cocina, pero él piensa que también en esto, al menos por hoy, puede hacer una excepción. Encuentra un cruasán del día anterior y media *baguette*. Decide llevárselo por si los cruasanes que han ido a buscar a Femés no son suficientes. Por otra parte, mamá siempre dice que hay que comerse el pan, aunque ya no esté tierno. Saca la mantequilla y la mermelada, coloca la bandeja sobre el suelo, delante del aparador, y lo pone todo encima. Pesa demasiado para levantarla. Luna llega, ve la *baguette* y la coge. Pretende llevársela.

—Ahora mismo desayunamos, tienes que esperar —le advierte su hermano.

Pero ella se pone a chillar, muerde el pan y, cuando él va a quitárselo, sale corriendo.

—¡No seas tonta! ¡Tenemos que poner la mesa!

Henning se echa a llorar. Mamá no soporta que piquen antes de comer. Tiene la sensación de que, si no logra poner la mesa para el desayuno, no habrá desayuno, y mamá y papá no volverán.

Sin embargo, se deja caer sobre el suelo al lado de Luna y también él se come un trozo de *baguette*. Tiene hambre. Lo mejor será guardar el secreto. Tal vez ni siquiera se dé cuenta. El pan tiene un sabor salado. Es por sus lágrimas. A Luna se la ve contenta. Cuando nota que su hermano está llorando, se acerca a gatas, se incorpora y le mira a la cara con los ojos muy abiertos.

—¡Eres tonta! —solloza.

Ella le devuelve el trozo de *baguette*, pero él sacude la cabeza y lo rechaza con un manotazo. Comen en silencio. El pañal de Luna huele mal. Mamá tendrá que ocuparse de ello en cuanto regrese.

Después de comer, Henning se seca las lágrimas, se siente un poco mejor. En el fondo, lo que han hecho no es tan grave. Tenían hambre y se han comido un trozo de pan. Ahora deberían seguir poniendo la mesa. Mamá y papá no tardarán. Luna le ayuda a llevar a la terraza todo lo que falta. Camina a su lado y le pregunta una y otra vez si está mejor. No quiere que se preocupe, así que le responde:

—Sí, sí, ya estoy bien.

La mesa del desayuno no tiene el mismo aspecto que cuando mamá la pone, pero, a pesar de todo, Henning está orgulloso de su obra. Piensa en ir a coger unas flores para adornarla, pero no se atreve a arrancar nada del jardín sin permiso. Los niños ocupan sus sitios y esperan.

Luna juega con los cubiertos. Coge la cucharilla y golpea con ella la placa de piedra de la mesa. Por lo demás, todo está en silencio. Ven un gato que se desliza a lo largo del muro del jardín. Henning lo señala y ella exclama:

—¡Un tato! ¡Un tato!

El tiempo pasa.

—Ven, vamos a ver si ya se ve el coche.

Luna sale corriendo por delante de él. Baja las escaleras a toda velocidad, tan rápido que, por un momento, teme que tropiece y se caiga. Atraviesan el jardín y llegan a la explanada.

Las montañas guardan silencio. El cielo guarda silencio. El sendero pedregoso baja serpenteando hasta el valle. Allí abajo se oyen martillazos y ladridos de perros. Le pregunta por mamá y papá. Y él le responde:

—Vendrán ahora.

Vuelven a la terraza. Esperan un rato junto a la mesa. Corren de nuevo a la explanada. Regresan a la mesa. El sol, que ha ido subiendo, está en lo alto del cielo. La abubilla cruza volando. Se la escucha cantar. Gu-gu, gu-gu. De vez en cuando pasa un avión. Desciende sobre la isla para aterrizar. Sabe que en esos aviones viaja gente, viajan familias con niños; se los imagina mirando por las ventanillas, pintando con lápices de colores, comiendo algo, como hicieron ellos en el vuelo en el que vinieron. Le parece increíble. Incluso los sonidos de Femés le parecen irreales. Los diminutos coches que se deslizan sobre la sinuosa línea de la carretera parecen de juguete.

Antes de venir a Lanzarote, mamá los llevó varias veces a la ciudad, a visitar el mercadillo de Navidad, a comer castañas y a comprar regalos. Los escaparates de los grandes almacenes estaban llenos de juguetes. Maquetas de trenes que atravesaban campos, bosques y pueblos. Construcciones de Lego con vehículos que se movían. Una casa en llamas a la que habían acudido los bomberos de Playmobil, que trataban de apagar el fuego con bombas y mangueras. No se podía coger nada, no se podía jugar. Solo mirar. Cada escena era un círculo cerrado. Daba igual que Henning y Luna estuvieran allí. Ninguno de los muñequitos giró la cabeza para mirarlos. Así es el mundo que tiene ahora ante sí: un lugar en el que todo sucede detrás de un cristal.

Pasa el tiempo y siguen sentados en la terraza. Entonces, Luna comienza a gimotear:

—¿Mami?

—Mami vendrá dentro de un rato.

—¿Mami?

—¡Vendrá dentro de un rato!

Luna no para de quejarse. Se pone de rodillas sobre el banco, apoya la cabeza sobre la piedra fría, acaricia con los dedos el borde del plato que no han usado y gimotea:

Mami, mami.

Para Henning, el llanto de su hermana es como una espada que se le clava en las entrañas, gira y hace la herida cada vez más grande. El dolor crece, hasta que no puede más y grita:

—¡Cállate de una vez!

Entonces, Luna rompe a llorar:

—Buuu-ahhh, buuu-ahhh.

Aunque no entiende lo que dice, es un alivio que haya dejado de llamar a mamá. Ya no está enfadado con ella. Se acerca, la acaricia y le pregunta:

—¿Qué ocurre? ¿Qué quieres?

Utiliza el mismo tono que emplearía su madre. Normalmente no le gusta abrazarla, siempre está llena de babas y de mocos, además, se mueve con brusquedad, por lo que, más de una vez, se ha llevado un golpe en la cabeza o en el pecho. Ahora trata de rodearla con sus brazos, pero ella se los retira y sigue llorando, como si le hubieran quitado algo:

—Buuu-ahhh...

—¿Tienes sed?

—¡Sííí!

¡Eso es! Henning se da cuenta de que también a él le arde la garganta. Tiene sed. La sed es el problema.

—¡Venga, rápido! ¡A la cocina! —exclama.

Entran corriendo en la casa. Luna está contenta, porque pronto le darán algo de beber. Henning está contento, porque ella ha dejado de quejarse.

La botella está en el aparador. Henning coge la silla. Otra excepción que tendrán que permitirle. Cuando ya se ha subido, se da cuenta de que se le ha olvidado el vaso. Baja de nuevo. No está seguro de dónde guardan los vasos. Por fin, los descubre sobre una balda en la pared. Demasiado altos. Lo ve enseguida. Ni siquiera merece la pena intentarlo. Un escalofrío sacude su cuerpo. Sin vaso no hay agua. Sin agua no se librarán de la sed.

—Necesitamos un vaso, Luna.

—¡Vaso, vaso, vaso!

No para de saltar. Trata de decirle algo. Henning tarda un tiempo en comprender que señala al fregadero, donde hay un escurreplatos con algunos cacharros. Allí hay cuatro vasos.

—¡Ay, Luna! ¡Qué lista eres!

Está orgulloso de ella, le da un fuerte abrazo, aunque la suelta enseguida. Ella patalea de alegría, porque ha hecho algo bien. Papá suele decirle que él es inteligente, porque, a veces, hablan del cosmos y Henning conoce la diferencia entre estrellas y planetas y puede explicar lo que es una galaxia. Arrastra la silla, se sube encima, coge un vaso, arrastra la silla de nuevo, coloca el vaso al lado de la botella, baja de la silla y levanta la botella con las dos manos. Pesa mucho y está húmeda, cubierta con perlas de agua. Se le resbala de las manos. Cae sobre el aparador derramando agua y desde allí se precipita contra el suelo, donde choca dando un golpe enorme, gira sobre sí misma y queda tirada en medio de un charco. Luna y Henning se quedan paralizados del susto. ¡Como mamá y papá lo hayan oído...! Se enfadarán con ellos como nunca. El eco del golpe se extingue. La casa queda en silencio. Henning recuerda que mamá y papá no están allí. No pueden haber oído nada. Por un instante se siente aliviado.

—¡No está tan mal! —le dice a Luna—. No se ha roto nada.

Ella repite las palabras de su hermano.

—Vamos a limpiarlo —propone él. Levanta la botella vacía y la coloca sobre la mesa. Lo que necesita es un trapo. El paño de cocina está teñido de rojo y empapado de vino. Y no sabe dónde están los limpios. No se atreve a ir a buscar una toalla del cuarto de baño. Empieza a abrir los cajones, registra la despensa, revisa los armarios, mira en las estanterías. Mientras busca, Luna empieza a gimotear de nuevo:

—Buuu-ahhh, buuu-ahhh.

No importa. Tiene que recoger el agua que ha derramado, tiene que arreglar el desastre; si no, papá se pondrá muy serio y, mirándole a los ojos, le preguntará qué ha pasado, con esa voz rara que no puede soportar. Henning es el mayor, un buen hermano, un niño razonable. Si no seca el charco, mamá y papá no regresarán. Además, se ha mojado las piernas. Es como si se hubiera hecho pis encima. Al bajar la vista, cae en la cuenta de que todavía lleva puesto el pijama. Luna también. Tienen que cambiarse, no pueden andar por ahí en pijama todo el día. Si no se visten, seguro que mamá y papá no vuelven. Luna ha empezado a patalear en el agua y se está mojando los calcetines. Henning grita:

—¡Luna, para!

La pequeña resbala y acaba en el suelo.

—¿Lo ves?

Pero ella grita cada vez más alto. No le oye. Se ha hecho daño en el hombro. Como no quiere levantarse, él la coge del brazo y la arrastra por el suelo. Tiene los calcetines y el pijama empapados. El agua se extiende por la cocina. Sigue tirando de Luna, que no para de gritar, hasta que llegan al pasillo, donde, por fin, se pone de pie y le da la mano, aunque sigue lloriqueando.

En la habitación de los niños, debajo de la cama, hay una maleta grande con sus cosas. Cuando la madre la abre, suele bromear diciendo que es su armario. Luna querría sacarlo todo, pero él no se lo permite. Encuentra unos pantalones cortos y una camiseta y un vestidito para ella. También hay calcetines limpios. Lo coloca sobre la cama. No está nada mal. Todo limpio y ordenado. Se quita el pijama y se viste rápidamente. Sin problemas. Hace mucho que no necesita ayuda. Su hermana le observa. Henning está convencido de que también podrá vestirla a ella. Ha visto cientos de veces cómo lo hace mamá. Dice:

—¡Brazos arriba!

Y Luna levanta los brazos, obediente. De un tirón, aunque con algún roce que otro, consigue sacarle la parte superior del pijama.

—¡Siéntate!

Y Luna se sienta y estira sus piernecitas para que él pueda quitarle los pantalones del pijama. Aprovecha para retirarle los calcetines mojados. Entonces nota el olor.

—¿Te has hecho caca?

Luna sacude la cabeza. Cuando sacude la cabeza es que el pañal está lleno.

—De eso se ocupará mamá cuando venga, ¿vale?

Luna empieza a tirar del pañal, que ya está abierto por un lado.

—¡Para! ¡Para!

La obliga a echarse boca arriba. Tira de los cierres adhesivos y lo retira. Entonces se encuentra con la sorpresa. Luna se ha hecho caca... y bastante blanda. Se ha pegado a su culete, a sus piernas, e incluso a su espalda.

Ahora extiende las manos como está acostumbrada a hacer con mamá. Henning se arrodilla delante de ella, pero se queda parado. No sabe qué hacer. No tiene ni idea. Es peor que lo del charco de agua, mucho peor. Toallitas húmedas, necesita toallitas húmedas. Están en el cuarto de baño.

—Espera aquí, ¿vale? ¡No te levantes! ¡Espera!

Corre lo más rápido que puede. Solo ha estado fuera un segundo, pero ella ya se ha puesto de pie. El pañal se ha caído al suelo con la parte sucia hacia abajo. Y él empieza a llorar. Luna se sienta. Hay caca por todas partes. La habitación apesta. Cuando trata de limpiarla, lo único que logra es extenderla aún más. Las lágrimas le impiden ver lo que está haciendo. Al final lo deja todo y llora desconsolado. También Luna ha cogido las toallitas húmedas y está tratando de limpiar la caca. Ella no llora, está muy callada. Él sigue gimoteando hasta que no puede más. A lo lejos se escucha el motor de un avión. Las hojas de las palmeras susurran ante su ventana. La abubilla ha dejado de cantar.

Luego reina el silencio. Henning empieza a darle vueltas a lo que ha sucedido. Ve a Noah echado sobre mamá. Entonces llegó papá y el jardinero salió huyendo. Ahí fue cuando papá se marchó y no regresó hasta por la noche. ¿Y si les ha robado algo? Puede que su padre saliera a perseguirle.

Mamá estaba bien. No le había pasado nada. ¿Y si resulta que se han marchado los dos a buscar a Noah? Pero descarta esa idea. Noah no es un ladrón. ¿Cuántas veces los ha llevado a Luna y a él en la carretilla? Los ladrones no hacen cosas así.

Sabe que el coche no está aparcado en la puerta. Eso le tranquiliza. Significa que mamá y papá se lo han llevado. Eso está bien. Aunque no sepa dónde están. De repente se le ocurre algo.

—Luna —dice—, ¡se han perdido! —No puede evitar reírse—. Mamá siempre dice que no encuentra el camino, ¿sabes? Dice que tiene un pésimo sentido de la orientación.

—¿Sentido de la orientación?

—Dice que, si fuera un pájaro, no encontraría ni su propio nido. —Vuelve a reírse. Le hace gracia que mamá emplee ese tipo de expresiones para hablar de sí misma—. Seguro que papá le ha dejado que conduzca cuando han ido a buscar los cruasanes. Y, por eso, se han perdido. Ahora no encuentran la casa. Antes o después, papá se pondrá al volante y volverán con nosotros. Él conoce el camino.

—¿Papá?

—Tardarán un poco —dice Henning—, pero regresarán. Tenemos que esperarles.

—Luna espera —dice la niña, y suena tan razonable que la abrazaría de nuevo si no estuviera tan sucia.

Corre al cuarto de baño y coge la toalla más grande que puede encontrar. Regresa a la habitación, aparta a Luna a un lado, coloca la toalla sobre el suelo y la estira lo mejor que puede, cubriendo todo aquel revoltijo de caca y de celulosa. Parece que el problema se ha resuelto. De hecho, ya no huele tan mal como antes. Cuando mamá y papá regresen, no se encontrarán con aquel desastre de primeras, tendrá tiempo de explicarles lo que ha ocurrido. Limpia las piernas de Luna con más toallitas húmedas, limpia sus propios dedos y le mete el vestidito por la cabeza. Ahora, su hermana vuelve a tener un aspecto normal. Las toallitas manchadas las deja allí debajo, con el resto. No se pueden tirar por el inodoro. Es muy importante. Mamá no deja de repetirlo. Así se evitan atascos. Por otra parte, está seguro de que al monstruo del sótano no le gustan las toallitas húmedas. Si le cayeran encima, se pondría furioso.

—Buuu-ahhh —se queja Luna.

Agua. Lo había olvidado por completo. Vuelven corriendo a la cocina. Henning se siente orgulloso de sí mismo. Luna está arreglada, ambos están vestidos. El charco del suelo es mucho más pequeño de lo que pensaba, se seca solo. Un problema menos. Es casi como si el episodio de la caca en el dormitorio de los niños no hubiera tenido lugar. Mamá y papá regresarán antes o después.

La botella está vacía. La garrafa de agua mineral que han traído del supermercado es demasiado pesada para moverla. Una vez, papá le dejó que lo intentara, por hacerle una broma. Henning comprobó que era imposible.

—Buuu-ahhh —lloriquea Luna, señalando el grifo del fregadero.

Henning podría abrirlo. Podría, por ejemplo, subirse a una silla y lavarse las manos con agua y jabón. Podría llenar un vaso. Pero no debe. Mamá les ha dicho muchas veces que esa agua no es potable. Sobre todo a Luna, cuando está sentada en la bañera con sus cacharritos. Habla sola todo el tiempo y juega a tomar el té. Llena de agua un cuenco de plástico y pretende bebérselo. Mamá se lo ha prohibido. «No te la bebas —le advierte—. El agua de aquí no es como la de casa. Si uno se la toma, se pone malo». Henning sabe muy bien por qué. El monstruo que habita debajo de la casa orina en ella. El pis del monstruo es venenoso. Si te lo tomas, te mueres.

Pero, si uno no bebe, también se muere. Es lo que le dice mamá cuando está enfermo y no quiere beber nada porque le duele la garganta. No le importa que no coma, pero tiene que beber, mucho, porque, si uno no bebe nada, se muere.

Henning mira a Luna. Está llorando de nuevo. Señala el vaso de agua y luego se lleva la mano al cuello. A él también le molesta la garganta. Imagina por un momento que no consiguiera agua y que su hermana muriera por ello. La ve tirada en el suelo, su cuerpo no es más que un trapo, igual que el de los gatos muertos que encuentran de vez en cuando al borde de la carretera. La ve, pero no siente nada. Por lo menos así dejaría de lloriquear y de gemir. Pero, cuando mamá y papá vean a Luna muerta, tirada sobre las baldosas, se marcharán de nuevo. O puede que ni siquiera regresen.

De pronto, tiene una idea genial. A veces se le ocurren ideas geniales. Papá se lo dice a menudo.

—¡Espera! —exclama.

Y recorre a la carrera el largo camino que les separa del dormitorio de sus padres. Allí, sobre la mesilla de noche, suele haber un vaso de agua, al lado de la cajita con las pastillas de mamá, que ellos no pueden tocar. Tiene suerte. El vaso está medio lleno. Se lo lleva. Lo sujeta con ambas manos. Avanza despacio para mantenerlo en equilibrio y que no se derrame ni una sola gota. Se lo entrega a Luna, que se lo arranca de las manos.

—Despacito, despacito —pide, pero ella bebe con ansia; si sigue así, se la acabará en dos tragos—. ¡Para! Yo también quiero un poco. Vamos a compartirla.

Pero Luna no suelta el vaso. Él trata de quitárselo y, en el forcejeo, lo tira al suelo, derramando la poca agua que quedaba. Es injusto. Henning nota que en su interior se abre un agujero. Siente un terrible dolor. Del agujero sale la ira, se apodera de sus manos, que golpean a Luna.

—¡Esa agua era de los dos! ¡Yo también quería!

Sus manos agarran a Luna y la sacuden con tanta fuerza que la pequeña se cae de espaldas y se golpea contra el suelo. Cuando la ve a sus pies, llorando, el agujero se cierra. La maldad ha desaparecido. Henning se arrodilla a su lado y le acaricia la espalda.

—No pasa nada. En realidad, no tenía tanta sed.

Sabe que no va a poder calmarla, así que deja que se tranquilice sola. A veces, con su hermana, lo mejor es esperar. Eso es lo que dice mamá. Además, se le ha ocurrido otra idea genial. ¡El frigorífico! No había pensado en el frigorífico. El frigorífico no se puede abrir. Eso dice papá. Cuando necesitan algo, tienen que pedirlo. Pero habrá que hacer otra excepción. Lo tiene claro. Les explicará a mamá y a papá que se trataba de beber. Que Luna se había acabado el vaso de agua y que él también necesitaba un poco. Papá asentirá con la cabeza. Estará de acuerdo. Lo entenderá.

Henning agarra el asidero con ambas manos y tira. Tiene que echar todo su cuerpo hacia atrás para que la puerta ceda con un chasquido. Hay un envase de zumo de naranja.

Está abierto. Les dan un vaso los domingos, para desayunar. El zumo es caro. Desenrosca el tapón y bebe directamente del envase. Sin vaso, sin estorbos. ¡Qué bien le sienta! Cae por su garganta como un torrente de luz que inunda la oscuridad. Henning sigue bebiendo y, cuando Luna se acerca, se lo tiende para que se beba el resto. No van a pelearse.

—Rico —balbucea su hermana, y ambos se ríen.

Se sientan en el suelo, delante del frigorífico. Hay una lata de aceitunas negras abierta. A Henning le gustan mucho, y a Luna, nada. Unas nectarinas, que se estropean pronto si no se guardan en el frigorífico. Jamón york, queso, tomates, verdura, e incluso una tableta de chocolate.

Luna se lanza sobre el chocolate. Henning no se lo impide. Se mete una onza en la boca y su barbilla se llena de babas marrones. También él coge un trozo, y después echa mano del jamón york. Sin plato, sin pan. Se mete las lonchas enteras dentro de la boca. Es como si celebraran un banquete, como en los cumpleaños o en Navidades, cuando rigen otras normas, cuando uno recibe regalos y, por la noche, puede quedarse levantado hasta tarde. Comen y ríen. Están llenos. Henning coge a Luna de la mano, cierra el frigorífico y pasa con ella al salón. Se suben al sofá cama, saltan como en un trampolín hasta que la funda de colores acaba en el suelo, y ellos, sin aliento. Luego corren al dormitorio de sus padres y repiten la operación en la cama de matrimonio. Luna abre el armario y saca los zapatos que tanto le gustan a mamá, los blancos con perlas brillantes y los rojos de tacón alto. Se los pone y comienza a caminar con ellos. Mientras tanto, Henning lanza por los aires los calzoncillos de papá, uno detrás de otro.

—¡Mira, pájaros! —exclama.

Una voz le susurra que todo esto está prohibido, que no es propio de él hacer algo así, pero, en lugar de escucharla, utiliza los calcetines enrollados como proyectiles y juega a la catapulta. Boing. Cataplún. Luna se troncha de risa cuando un par de calcetines alcanza la lámpara del techo y esta empieza a oscilar de un lado a otro. ¡Ups! Henning agarra los zapatos de papá y los lanza sobre la cama, se pone una de sus camisetas por encima de la cabeza y finge que unos vaqueros pretenden estrangularle con sus perneras, como si fueran una serpiente. Luna ríe a carcajadas. Van a buscar los vestidos que mamá tenía que planchar. Un mar de flores, lunares y rayas de colores se extiende por el suelo. La ropa interior de mamá acaba desperdigada por toda la habitación. Incluso los sujetadores. Aunque a Henning le duele lo que hacen, siguen adelante.

Pero la diversión se termina. Sus risas se apagan y no hay nada que las vuelve a encender. Henning lo intenta un par de veces. Pero su risa suena falsa, forzada. Aquel repentino silencio es como un castigo. Igual que cuando mamá se calla en lugar de regañarlos. Es lo peor que les puede pasar. Están echados sobre la cama. Él cierra los ojos para no tener que ver el estropicio. En su cabeza reina la confusión. Las imágenes se mezclan unas con otras. Ve la espalada de Noah y el bigote de papá. Ve el jardín, la abubilla y las piezas de la exposición del museo de caracoles. Aunque tiene los ojos cerrados, ve el desorden de la habitación, la caca de Luna y los restos de comida esparcidos delante del frigorífico. Ve a su querida mamá, su rostro, sus cabellos largos, hermosos, y la sonrisa que le regala cada vez que se inclina hacia él. Ahora sabe que no volverá. Jamás.

Henning se dirige al cosmos, le promete que hará cualquier cosa que le pida si le devuelve a sus padres. Será obediente, no volverá a hacer rabiar a Luna. Ordenará su habitación, subirá al coche sin rechistar y no pedirá un segundo helado después de comer. Imagina a mamá y papá cruzando el jardín y gritando: «Perdón, tesoro, estábamos convencidos de que volveríamos antes... ¡Qué bien has cuidado de tu hermana! ¡Qué chico tan mayor!». Papá lanzaría a Luna por los aires y ella gritaría de alegría.

Hay que ponerse en pie. Está decidido a esperar lo que haga falta. Si no espera, mamá y papá no regresarán. Aunque está cansado, se levanta de la cama. Luna se ha quedado dormida. Por un momento le entra el pánico. Parece muerta. Henning, despierto, se siente solo. No podría vivir sin ella. Sin Luna no merece la pena seguir adelante. Ahora que está dormida, inmóvil, no sabe qué hacer.

Cuando está a punto de despertarla, le viene a la cabeza una palabra: ¡siesta! Por supuesto, eso es. Está durmiendo la siesta. Es lo que hacen todos los días. Mamá insiste, aunque ellos no quieran. La mayoría de las veces, Luna se queda dormida al momento. A Henning, en cambio, le cuesta conciliar el sueño. Ya hace mucho que no se echa una siesta en condiciones. Se lleva unos libros a la habitación, se tumba en la cama y se pone a ver dibujos, hasta que su madre le libera del aburrimiento.

Luna se está echando la siesta. Eso es muy bueno. ¡Mamá estaría contenta! ¡Se ha acordado de la siesta! ¡Y qué rápido se ha metido en la cama! No ha protestado ni se ha quejado. Mientras ella duerme, él la vigila. Se echa a su lado, se acerca a ella y hunde la nariz entre los cabellos de su hermana. El olor le despeja la cabeza. Huele como un trozo de pastel, igual de dulce. Henning se acerca más, hasta que siente el calor de su cuerpecito.

—¡Ratoncito! —murmura, como hace mamá algunas veces.

De repente todo parece haberse arreglado. Se han convertido en una bola que desprende calor y un agradable aroma. Se sienten protegidos. Henning cree oír las voces de sus padres a lo lejos. Es como si estuviera separado de ellos por un muro, a través del cual los oyese hablar. Se queda dormido. Se despierta de golpe, como si alguien le hubiera sacudido o hubiera dado una palmada con las manos. Se siente desorientado. La habitación le resulta extraña, no reconoce el color de las paredes ni tampoco la luz. En ese momento no ve a Luna, pero sí el desorden que reina a su alrededor. Es como si hubiera explotado una bomba. Solo sabe que está en un lugar desconocido y que debe de haber ocurrido algo terrible.

Salta de la cama, dispuesto a salir del dormitorio. Entonces se da cuenta de que las cosas que están tiradas por el suelo son de mamá y papá. Su desconcierto aumenta aún más. En ese instante ve a Luna con su vestidito, dormida sobre la cama, y su miedo deja paso a un profundo alivio. ¡Era la hora de la siesta! Mamá y papá se habían ido. Seguro que ya han regresado. También él se ha dormido. Hace mucho que no le pasaba. Se lo tiene que contar a mamá. Se sorprenderá. Le gusta que los niños coman y duerman. Y está claro que han comido, aunque no como de costumbre.

Ya ha recorrido la mitad del pasillo cuando se le ocurre que no puede dejar a Luna sola. Si abre los ojos y no le ve, se asustará muchísimo. Tiene que despertarla. La agarra por los hombros con ambas manos y empieza a sacudirla. La sábana está húmeda. Mientras estaba dormida, se ha hecho pis en la

135

cama de mamá. No se le ocurrió ponerle un pañal para la siesta. A Henning se le hace un nudo en la garganta, pero traga saliva. La arrastra, aún medio dormida, fuera de la cama, coloca un almohadón sobre el pipí y salen corriendo. Registran la casa de arriba abajo. Luego hacen lo mismo con el jardín. Es entonces cuando a Henning se le ocurre pensar en el coche. Tienen que comprobar si está aparcado fuera. También habría podido acordarse de él al principio. No está. Mamá y papá no han vuelto todavía. El tiempo se detiene. El día se funde con el calor. El tiempo se expande su alrededor como una superficie sobre la que uno pudiera nadar en la dirección que quisiera, pero sin llegar a ninguna parte. Luna está echada en el suelo de la terraza, con la cabeza apoyada sobre un brazo. Utiliza el que le queda libre para jugar con dos piedrecitas negras. Las empuja de un lado a otro, siguiendo el dibujo de las baldosas. Tiene un aspecto extraño. A Henning le cuesta reconocer a su propia hermana. Cuando se acerca a ella y la mueve, empieza a balbucear sin darse cuenta. Nada altera la quietud del jardín. No se escucha el trino de los pájaros, ni el soplo de viento, ni el rumor de las palmeras. De vez en cuando, se acerca a la entrada de la finca y mira hacia el valle. Los coches siguen deslizándose por la sinuosa línea de la carretera, pero no hay ninguno que suba.

Decide ir a buscar algo para beber. De camino a la cocina descubre varios charquitos de pis y un montoncito de caca. Parece que Luna ha estado en el salón. Se queda allí un buen rato, mirando absorto, hasta que su cuerpo se pone en movimiento y va al cuarto de baño a buscar un paquete de toallitas húmedas, que después va colocando sobre cada uno de los regalitos que ha ido dejando su hermana. Así está mejor. Es como si una bandada de pájaros blancos se hubiera posado sobre el suelo con las alas desplegadas. El zumo se ha acabado. En el frigorífico solo queda medio cartón de leche. Bebe un poco y le ofrece el resto a Luna, pero la niña no se incorpora. Sigue echada, se limita a sacudir la cabeza. Al principio la deja a su lado y espera, pero, como tiene tanta sed, termina bebiéndosela toda. Ahora que el zumo y la leche se han terminado, mamá y papá tendrán que volver de una vez.

Y vienen. El silencio empieza a cambiar, se vuelve más denso. Luna levanta, por fin, la cabeza. Se escucha un zumbido que va creciendo, que va acercándose. No es un avión, es un coche.

—¿Cocheee? —pregunta la pequeña.

—¡Ahí están! —exclama Henning.

—¡Mamáá! ¡Mamáá! —grita Luna, bajando a toda prisa las escaleras de la terraza, como si mamá pudiera oírla.

Y tal vez sea así. Se asoman a la explanada y ven un coche. Todavía está lejos. Sube lentamente por el sendero pedregoso. Cualquiera diría que se arrastra por él. El morro se levanta y se hunde. De vez en cuando, Henning escucha las ruedas patinando sobre la gravilla, un sonido que despierta en él una curiosa emoción. El coche se parece al que ellos han alquilado, pero tiene otro color. Azul en lugar de blanco. A Luna no parece importarle. Salta entusiasmada.

—¡Mamá! ¡Mamá! ¡Mamá! —grita agitando sus bracitos en el aire.

Henning comprende lo que ha sucedido. ¡El otro coche tuvo una avería! ¡Dejó de funcionar y no les quedó más remedio que buscar uno nuevo! ¡Por eso han tardado tanto! Empieza a saltar y a hacer señas igual que su hermana.

—¡Hola! ¡Hola! —saluda más feliz que nunca.

Por un momento, piensa en el estado de la casa, pero deja de preocuparle muy pronto. El parabrisas del coche refleja la luz del sol, que le da de pleno. Henning y Luna se echan a un lado. El coche gira en la explanada. Ahora pueden ver a través de los cristales. Henning se queda desconcertado. En el coche viajan cuatro personas: dos niños como ellos que saludan y ríen en el asiento de atrás, un hombre al volante y una mujer en el asiento del copiloto. Todos tienen el cabello moreno. El hombre se asoma por la ventanilla y dice algo que suena como una pregunta. Henning y Luna retroceden. El hombre repite la pregunta. Tiene un aspecto amable. Sonríe y añade algo más. Luego sacude la cabeza y habla con su mujer, que tiene un mapa sobre su regazo. Henning y Luna se quedan mirándole. No entienden ni una palabra. El hombre vuelve a dirigirse a ellos. Se ríe. Señala la casa y levanta un pulgar, dando a entender que le parece espléndida. A continuación gira el volante y da marcha atrás. Henning toma a Luna de la mano y la aparta del camino. Los niños del asiento de atrás los saludan. El coche vuelve a ponerse en camino montaña abajo. Henning y Luna lo ven alejarse. Se vuelve cada vez más pequeño hasta que sale del sendero pedregoso y desaparece entre las casas de juguete de aquel pueblo de juguete. Todo queda en silencio.

—No eran mamá y papá —reconoce—. Pero vendrán pronto.

De algún modo, tiene la sensación de estar mintiendo. Sospecha que no van a regresar. La isla tenía que enviarles un coche y les ha enviado uno equivocado. Eso es lo que ha ocurrido.

Empieza a barajar la posibilidad de que mamá y papá hayan muerto. Henning conoce la muerte. Sabe mucho sobre los dinosaurios, podría explicar cómo se extinguieron y por qué. Ha visto animales muertos. Hace tan solo unos días encontraron el esqueleto de un conejo en el jardín. Los huesos eran de color blanco, brillaban bajo el sol como si los hubieran pulido. Se apreciaban hasta las cuencas de los ojos, los dientes y las cuatro extremidades. Henning experimentó el mismo entusiasmo que siente un buscador de tesoros ante un hallazgo especialmente valioso. Recogió los huesos con cuidado y se los llevó a papá. Él le explicó que eran el cráneo, las costillas y la columna vertebral.

Como buen especialista, él sabe que la muerte afecta a los dinosaurios, a los lagartos que terminan aplastados en la carretera bajo las ruedas de los coches y a los pájaros que se estrellan contra el cristal de la ventana y quedan tendidos boca arriba, con las patitas estiradas hacia el cielo. Pero no a los padres. No hay padres muertos. Los padres tienen que cuidar de sus hijos. No pueden morirse sin más. Puede que mamá y papá tuvieran que volver a Alemania por alguna urgencia o que se hayan buscado otros niños, porque hay veces que Luna se pone verdaderamente pesada y Henning no colabora tanto como debe. Lo que está claro es que no se han muerto.

Luna rompe a llorar. No es un llanto de rabia, es una queja silenciosa. Obediente, da la mano a Henning y camina a su lado. Las lágrimas resbalan por sus mejillas. Henning reconoce que no sabe qué hacer. Su desconocimiento es lo más grande a lo que se ha enfrentado nunca, más grande que las montañas, que el sol y que el firmamento, es la oscuridad, es la nada, una magnitud infinita como el propio universo. El día se empeña en prolongarse. No se les ocurre ya a qué jugar. Zascandilean por la terraza. Nota que el color de la luz comienza a cambiar. Corre al dormitorio de sus padres para comprobar que las manecillas del despertador de papá siguen moviéndose. Constata aliviado que la aguja roja, la más pequeñita, continúa girando como siempre. Luna retoma su cantinela y empieza a llamar a mami. Henning le pide a gritos que se calle de una vez. Se dirige a la cocina, coge una silla, la arrastra hasta la despensa y se sube encima de ella para alcanzar la balda en la que aún queda un envase de zumo de naranja. Lo baja, pero no consigue abrir el tapón. Aprieta con todas sus fuerzas, hasta que le duelen los dedos. Llora de rabia. Al final saca unas tijeras del cajón. Sabe que no debe hacerlo, pero, a estas alturas, ya le da igual. Utiliza las tijeras para hacer un agujero en el cartón de zumo. Es como si estuviera sacrificando a un animal. Consigue abrir una raja de la que brota el líquido amarillo. Henning aplica los labios sobre el corte y absorbe, pero, como la abertura es bastante grande y al mismo tiempo está ocupado zafándose de Luna, que tiene sed y también quiere beber, el zumo termina derramándose. Se arrodillan sobre el suelo, como si fueran animales. Luna se pone a chillar. Su voz aguda llena la estancia. El paquete estalla. El zumo se dispersa en todas las direcciones. Lo beben directamente del suelo. Ni siquiera se preocupa de recoger lo que ha quedado tirado. La casa tiene el aspecto de un campo de batalla. El zumo de naranja no tiene tanta importancia. De hecho, Henning ha dejado de cubrir el pis y la caca de Luna con toallitas húmedas. Pisa un montoncito y se resbala. La masa marrón se extiende sobre el suelo como la huella de una frenada. Henning se quita los calcetines y se lava los pies en el cuarto de baño. No se preocupa de más. Ya ni siquiera nota el mal olor. Lo más preocupante es que no tiene manera de saber cuándo deben irse a la cama. Ni siquiera con el despertador de papá. Conoce los números, sabe que es cuestión de ver dónde señala cada una de las manecillas y que por lo general los acuestan a las ocho. Pero el despertador no le dice nada. Una manecilla apunta a las nueve, la otra a las cuatro, y la roja da vueltas sin parar. En verano, cuando se van a la cama, todavía hay luz, por lo que el sol no les servirá de ayuda. Henning teme que la noche les sorprenda en la terraza. Cuando piensa en ello, un escalofrío recorre su cuerpo. Puede que el monstruo salga del depósito de agua por las noches. Mamá y papá insisten en que deben acostarse a su hora. Así que tiene que asegurarse de que sea así. Pero ¿ha llegado ya la hora o deben esperar un poco más? No se siente cansado, y Luna tampoco ha bostezado ni una sola vez. Está sentada en el suelo, juega con las piedrecitas y parece muy contenta. Henning la observa, pero no sabe decir lo que siente. Se alegra de que esté allí, pero, al mismo tiempo, la odia, porque se pasa el día lloriqueando, no sabe hacer nada y en cualquier momento le puede suceder algo.

Cuando no soporta más la incertidumbre, da dos palmadas y anuncia:

—¡Bueno, ahora a la cama!

Para su sorpresa, Luna se levanta y sale corriendo hacia el cuarto de baño por delante de él. Es como si hubiera estado esperando a que la enviaran a acostarse. Henning se sube a la banqueta, coge el cepillo de dientes del vaso, abre el tubo de pasta y aprieta para que salga. Echa demasiada, pero no le importa. La que sobra la extiende por el lavabo. Luna comienza a limpiarse los dientes sin rechistar. Con mamá siempre monta alguna escena. Él la felicita:

—Bien, Luna. Fantástico. Así se hace. Eres muy obediente.

Le recoge el cepillo de dientes y lo enjuaga. La niña levanta los brazos por encima de la cabeza para que él pueda sacarle el vestidito. Cuando la ve desnuda, se da cuenta de lo sucia que está. Lo mejor sería que se echase sobre una toalla grande para poder asearla. Henning trata de razonar con ella:

—Mira, esto no puede ser. Tenemos que limpiarte un poco.

Luna se echa en el suelo, como lo hace cuando mamá quiere cambiarle el pañal, y deja que le limpie las piernas con toallitas húmedas. La caca está seca, pero él no se rinde. Frota hasta que se desprende. La piel queda toda roja. Busca los pijamas, los encuentra y ayuda a su hermana a ponerse el suyo.

—¡Qué bien lo haces! Levanta los brazos otra vez. Cuidado, la cabeza.

Todo va como la seda, Henning siente un enorme alivio. Le tenía un miedo loco al momento de irse a dormir, pero no ha surgido ningún problema. Poco después, Luna está tapadita en la cama. Parece una noche como cualquier otra y, como siempre que se acuestan, quiere un cuento:

—¿Leeeeeer?

Él sale corriendo a buscar el libro. El sol brilla aún, como ayer y como antes de ayer, cuando se fueron a la cama. Henning cree que la luz que entra por las ventanas tiene exactamente el mismo color. Junto al sofá cama de la sala encuentra *El pony, el oso y el manzano*, el libro favorito de los dos hermanos.

Mamá se lo ha leído tantas veces que se lo ha aprendido de memoria. Se sienta en la cama, Luna se acurruca a su lado. Hace como si leyera, señalando las imágenes y recitando el texto:

—Ahí hay un árbol. Un árbol y un árbol y otro árbol forman un bosque.

Luna se alegra de escuchar las palabras que conoce tan bien.

—En el bosque hay un prado, en el prado hay una casa y, detrás de la casa, hay un manzano.

La niña señala las imágenes y dice:

—Árbol, casa y manzano.

—Allí vive un poni —sigue diciendo Henning.

Lee el libro hasta el final y, cuando ella ya se ha quedado dormida, lo lee una segunda vez. Luego se dice a sí mismo:

—Ya está bien. Ahora a dormir.

Deja el libro sobre el suelo y se desliza entre las sábanas. Se pega a Luna, hunde la nariz entre los cabellos de su hermana.

Entonces sucede algo. La casa comienza a transformarse. Los pasillos se hacen más largos; los muros, más gruesos. Las habitaciones cambian de lugar. El techo se hunde, como si quisiera aplastar a los niños, y vuelve a alzarse hacia el cielo. La madera gime, los tabiques crujen. La lámpara se convierte en el pico de un enorme pájaro que le amenaza. Ahora sabe que no tenía miedo de irse a la cama, sino de estar en la cama. Nunca han pasado una noche solos, siempre contaban con mamá y papá, que vigilaban la casa para que no hiciera de las suyas y se ocupaban de que no se colase ningún monstruo. Henning no quiere ni pensar en el monstruo. Cuando lo hace, se pone malo. Lo mismo le ocurre cuando se acuerda del agujero cuadrado que hay delante de la casa y de los negros reflejos que despedía su oscuro fondo. Entiende que la mujer del cuadro que cuelga en la pared llore lágrimas rojas. Sabía desde el principio lo que iba a ocurrir.

Las tinieblas van apoderándose de la habitación. Henning las conoce. No es la primera vez que abre los ojos en la oscuridad, cuando no puede dormir. Las sombras crecen en los rincones. Todo adquiere otro aspecto. Y él cierra los ojos. Los aprieta con fuerza. Tanto que casi se hace daño. Intenta no pensar en el monstruo. En condiciones normales iría corriendo a buscar a mamá y le diría que su cerebro le está jugando una mala pasada. Ella le cogería en brazos, él lloraría un poco, aspiraría el aroma de sus cabellos y jugaría un rato con sus mechones. Ella trataría de calmarle, por mucho que le molestase que la hubiera despertado a esas horas, porque quiere que los niños descansen por las noches.

Pero mamá se ha marchado y ahora el cerebro le puede jugar todas las malas pasadas que quiera. ¿Y si escapa a su control? Se prohíbe mirar a Luna. Está echada a su lado, duerme con la boca cerrada y ronca ligeramente, pero cuando la observa con atención, su rostro dulce, apacible, cambia por completo y esboza una mueca espantosa, parece una bestia con las fauces abiertas y los dientes afilados. Henning aprieta los párpados, su corazón palpita como un tambor. La mujer de la pared ha dejado de mirar hacia arriba, ahora le mira a él, como si quisiera asomarse a su interior.

Henning empieza a pensar que mamá y papá se han marchado, porque ha pisado las rayas que separan unas baldosas de otras. A veces, en la terraza, ha jugado a no pisar sobre las rayas y se ha dicho a sí mismo que, si no lograba llegar al otro lado sin pisar ninguna, pasaría algo espantoso. Solo era una broma. Un juego. ¡Cuántas veces ha corrido por la terraza sin preocuparse de las dichosas rayas!

Se echaría a llorar, pero sus lágrimas también tienen miedo, prefieren quedarse en sus ojos.

Cuando despierta, sabe muy bien dónde se encuentra y qué ha pasado. Es consciente de su situación. Hoy no va a recorrer la casa buscando a mamá y a papá. Se han marchado, no volverán y, de algún modo, se siente responsable de ello. Abre la mano y encuentra las dos piedras, el escarabajo y el milpiés. Debe de habérselas llevado a la cama antes de dormirse y no las ha soltado en toda la noche.

Al levantarse descubre que Luna se ha hecho pis. El pijama está mojado y en la sábana hay una mancha enorme. Se pone hecho una furia. ¿Dónde van a dormir si sigue haciéndose pis en todas las camas? ¡Henning no sabe cambiar las sábanas de una cama! ¡No! ¡No sabe hacerlo! Se pone de rodillas. ¿Y entonces? ¿Qué sucede entonces?

Agarra a su hermana por el brazo y la sacude con violencia. Luna se despierta dando un grito.

—¡Te has hecho pis! —la regaña—. ¡Eso está mal! ¡Muy mal!

Ella le mira sin comprender. Tiene los ojos somnolientos. La agarra por los hombros y la gira para que vea la mancha.

—¡Ahí! ¡Pipí! ¡Mal!

—¿Pipííí? ¿Pipííí de Luna?

Su cara se desencaja, empieza a llorar. Henning está cada vez más enfadado.

—¡Lloriquear no sirve de nada! —grita—. ¡Por mucho que lloriquees, el pipí va a seguir ahí!

Debería cubrir la mancha, tal vez con una toalla. Como ella sigue sentada sobre la sábana, tira de su brazo para que se aparte. No se resiste. Baja la cabeza y llora. Poco a poco va empujando a la pequeña hasta el borde de la cama con las dos manos.

—¡Mal! ¡Pipí! ¡Muy mal!

Solo necesita un último empujón. Entonces se cae al suelo. Su cuerpo choca contra las baldosas. El sonido que produce es espantoso. Un chasquido y, a continuación, un ruido sordo. Henning se queda paralizado. Lo que ha oído era la cabeza. El silencio que le sigue es aún peor. Como todas las mañanas, se escucha el canto de los pájaros en el jardín. El agudo chillido del alcaudón, que se posa sobre el muro y lleva en el pico una lagartija para sus crías. El gu-gu de la abubilla. El escandaloso trino de los gorriones que anidan en las palmeras. El graznido de las gaviotas que giran en círculo en lo alto del cielo y cuya voz llega a cualquier rincón llevada por el viento. Mamá se encargó de hablarles de los pájaros. Le gusta que los niños se interesen por estos temas. ¡¿Pero de qué le sirve a él saber tanto sobre pájaros?! No le sirve de nada. Es un conocimiento superfluo, inútil. En general, cuando uno las conoce, las cosas empeoran.

Henning sabe que, si uno se cae de la cama, puede morir. Sobre todo, si se golpea la cabeza contra el suelo. Mamá se lo ha explicado cientos de veces. No debe empujar a Luna cuando está en la cama o en las escaleras. Se le rompería la cabeza, se le saldría lo que hay dentro y sería su fin.

Henning deja escapar un grito. El silencio estalla en mil pedazos. Es un grito ensordecedor, pero no le sirve para desahogarse. Al contrario, su ira crece todavía más. Corre al cuarto de baño a buscar una toalla. Revuelve todo el armario. El cepillo de mamá, los rollos de papel higiénico, los jabones. Regresa a la carrera con la toalla, cubre la mancha de la cama y respira hondo. Sin mirar a Luna, que sigue en el suelo y no para de quejarse, sale de la habitación. Hace pis y después se dirige a la cocina. Tiene hambre. Un hambre terrible.

Al cabo de un rato, Luna se presenta en la cocina hecha un mar de lágrimas. Los sollozos siguen sacudiendo su cuerpecito. No tiene valor para mirarla. No lo soportaría. Sobre todo, por el chichón que le ha salido en la frente. La pequeña se acerca a él y trata de abrazarle. Él la rechaza.

—¡Márchate! Apestas.

En uno de los armarios descubre un bote de salchichas. Lo han colocado arriba del todo, para que los niños no lo alcancen. Arrastra una silla, busca una olla, le da la vuelta y la coloca sobre el asiento. Luego se sube encima. La estructura que ha improvisado se tambalea, sobre todo, cuando se pone de puntillas y estira los brazos.

—¡Apártate! —ordena a Luna, que le observa con unos ojos redondos como platos.

Golpea el tarro. Este cae desde la balda, choca contra el suelo y sale rodando. No se ha roto.

—¡Mierda! —exclama. Luna se ríe.

Por un momento, Henning siente que el estómago le baila y está a punto de echarse a reír a carcajadas. Sabe que no pueden decir la palabra «mierda». Papá se vuelve loco cuando la escucha, pero a veces, cuando están en la cama, la susurran en voz baja y les da risa. Ahora toca abrir el frasco. Se le tiene que ocurrir algo. Henning se ve como un arquitecto. Siempre se le ocurren buenas ideas. Se sube a la mesa de la cocina, levanta el bote por encima de la cabeza y lo estampa con todas sus fuerzas contra el suelo. Se rompe en mil pedazos. El caldo moja las paredes y los cristales tintinean por el suelo. Luna coge la primera salchicha antes de que Henning tenga tiempo de bajarse de la mesa. Se mete la mitad en la boca, se atraganta, mastica con dificultad. Henning coge dos salchichas en cada mano. Cuando Luna lo ve, agarra la siguiente, y una tercera, y sale corriendo de la cocina, como un animal que pone a resguardo su presa. Henning se mete en la boca todas las que puede. Son casi cuatro salchichas. Se agacha y recoge un trozo de cristal en el que ha quedado un poco de caldo. Lo levanta con cuidado, se lo lleva a los labios y sorbe el líquido.

Sale a buscar a Luna, pero no la encuentra. Ha dejado un trozo de salchicha en el suelo, pero no hay ni rastro de ella. Henning corre al dormitorio de sus padres, abre la puerta y mira a través de la rendija. Aquello sigue siendo un caos, pero ella no está allí. Al fin la encuentra en el cuarto de baño, delante del inodoro. Ha levantado la tapa y el asiento, y ha metido los bracitos en la taza. Está intentando coger agua. Cierra los dedos, sumerge la mano, la saca y se la lame.

—¡No! —grita Henning—. ¡De ahí no se bebe!

La agarra por la cintura y se la lleva. Ella no se queja, no dice ni pío, pero se resiste con todas sus fuerzas. A pesar de todo, consigue sacarla a rastras del cuarto baño y, una vez fuera, la suelta.

—¡Es veneno! ¡Mamá nos lo dijo! Esa agua es mala.

—¿Agua mala?

—¡Tiene pis de monstruo! Solo podemos tomar agua de las garrafas.

—¿Monstruo?

—Sí. Esa agua es del monstruo. No puedes beber del váter. Es malo.

Cuando Luna se tranquiliza, Henning permite que se incorpore. Es la primera vez que la mira a la cara desde que se han levantado. Tiene los ojos rojos, sus labios están cubiertos por una capa blanca, reseca. El chichón tiene un aspecto terrible. Luna parece enferma, igual que cuando mamá le toma la temperatura colocándole una mano sobre la frente y, por la noche, le pone un supositorio. No sabe cuánta agua del váter habrá bebido. Desea con todo su corazón que no se muera y promete ser más cariñoso con ella.

Por supuesto, él también tiene sed. Una sed abrumadora, una sed atroz. Es como si un erizo se le hubiera metido en la garganta y le pinchara con sus púas. En el armario no queda zumo. Tampoco hay leche. Henning no puede manejar las garrafas de agua potable: son demasiado pesadas, no tiene fuerza para abrir los tapones y el plástico es demasiado grueso para perforarlo con las tijeras, que resbalan sobre él. No sabe de dónde van a sacar agua. En el jardín hay mangueras. Noah las necesita para regar los arbustos. Pero Henning no sabe si sería capaz de abrirlas, tampoco tiene claro que puedan utilizarlas para beber.

—Venga, ratoncito —le dice a Luna en el mismo tono que mamá suele emplear—. Tenemos algo que hacer.

Ha trazado un plan. Ha tomado una decisión. Van a ir a Femés a buscar a mamá y a papá. Tal vez no hayan podido encontrar el sendero pedregoso que sube a la montaña y estén dando vueltas por el pueblo. Cuando mamá le lleva a la guardería, siempre le pide que le indique el camino: a la izquierda, recto, a la derecha. Nunca se pierde.

«Si no fuera por ti —suele decir mamá—, no encontraría el camino de vuelta a casa».

Mamá necesita su ayuda. Dará con ella y le explicará cómo volver. Luna, obediente, le da la mano y cruza con él la terraza.

—Necesitamos zapatos.

Ha pensado en todo. No pueden caminar sobre las piedras ni con los pies descalzos ni con calcetines. Como Luna no quiere ni oír hablar de los zapatos abotinados, le pondrá las zapatillas de andar por casa, que, por lo menos, tienen una suela más fuerte. Como se ajustan con un cierre adhesivo, no debería tener problema.

En efecto, todo va como la seda. Luna se sienta en el suelo, estira los pies, Henning le pone las zapatillas y cierra el adhesivo.

—Vamos a buscar a mamá. A Femés.

—¿Feméééés?

—Al pueblo. Vamos a buscarla.

Mientras se pone sus propios zapatos, Luna patalea impaciente y se ríe a carcajadas. Cuando la pequeña sale corriendo delante él, Henning le ordena muy serio:

—¡La mano!

Ella se queda parada y le da la mano.

Atraviesan la terraza y bajan los escalones despacio. Cuando está a punto de poner el pie en la gravilla, se queda parada.

—¿Qué sucede?

—Zapatillas de andar por casa.

Henning no entiende lo que su hermana trata de decir. Tira de ella, pero la pequeña se niega a moverse. Entonces lo ve claro. Lleva puestas las zapatillas de andar por casa, con las que no les permiten salir al jardín.

—Da igual —asegura él—. Haremos una excepción.
La pequeña se deja caer en el último escalón y trata de quitarse las zapatillas.

—¡No! —exclama Henning—. Déjalas. Tienes que ir calzada. ¡Ven! ¡Vamos a buscar a mamá!

Esta vez, en lugar de obedecer, ella le golpea la mano, le da una patada y gruñe enfadada.

—¡Estás loca!

Henning le devuelve el golpe. Luna se echa a llorar. Esto de ser cariñoso no funciona, pero no es culpa suya. Luna se comporta como un bebé, y ya tiene dos años. Se sienta en el último escalón y se pone de morros. Él la agarra de los brazos y la sacude con todas sus fuerzas.

—¿Sabes lo que voy a hacer? Si no vienes conmigo, ¡te llevo a las arañas! ¡Te empujaré contra la pared y las arañas se te subirán por todas partes! ¡Por todo el cuerpo! ¡Incluso por la cara!

—¡Rañas no! —grita ella—. ¡Rañas no!

—¡Entonces, ven! ¡Si no, arañas!

Por fin se levanta y se pone en marcha. Mientras atraviesan la explanada, se da cuenta de que todavía llevan puestos los pijamas. Se les ha olvidado cambiarse de ropa. El aguijón de la vergüenza se hunde en su carne y, después, como si fuera un insecto, sale volando en busca de alguien más a quien picar.

Llegan al sendero pedregoso. A partir de ahí, el terreno se vuelve más abrupto. Luna resbala una y otra vez. Henning la sujeta por el brazo con ambas manos y procura que no se caiga. Jamás han cubierto este tramo a pie, siempre han bajado en coche, pero está convencido de que lo lograrán, al fin y al cabo ya se puede ver Femés. Oye los martillazos y los ladridos de los perros. Incluso ve circular algunos coches. Lo que le inquieta es el aspecto de las montañas que se alzan al otro lado del valle. Guardan silencio, aunque cualquiera diría que se ríen de ellos. Pero no es el momento de ocuparse de las montañas. Tienen que poner los cinco sentidos en cada paso que dan. El suelo está cubierto de piedras y cantos rodados. Es difícil encontrar un punto donde apoyar el pie con seguridad. A veces se topan con baches tan profundos que es mejor sortearlos. Las lagartijas salen corriendo, cuando se acercan a ellas. Buscan refugio entre los espinos que bordean el camino. Luna deja escapar un grito de júbilo cada vez que ve una. Avanza a trompicones, resbala y se cae de culo. Henning no puede evitarlo. También él tropieza y acaba en el suelo, pero se levanta inmediatamente. Solo se ha rozado los nudillos.

Imagina que es arquitecto, y Luna, su asistente. Inspeccionan el lugar donde van a construir una casa colosal. Los obreros aguardan abajo. Esperan sus instrucciones. Escucha sus martillos, pero, si no llega pronto, no podrán seguir trabajando. Aunque el camino es accidentado, no cabe duda de que el arquitecto y su asistente descenderán por él. Por difícil que les resulte. Son gente dura, para la que un pedregal no supone un obstáculo.

Marchan bajo un sol abrasador. Henning sabe que deberían haber traído sombreros para protegerse y no lo han hecho, pero está demasiado cansado para enfadarse consigo mismo por algo así. En ese lado de la montaña no hay ni una mala sombra: ni un árbol, ni una palmera, ni un muro. Solo espinos y piedras. El azul del cielo se inflama con una aureola blanca. Él siempre había creído que el sol era su amigo. Ahora ya no está tan seguro. El sudor se le mete en los ojos. Pestañea constantemente. La vista se le nubla. Luna se tambalea. Pasa más tiempo en el suelo que caminando. Se ha quedado muy callada. Ya no grita de júbilo al ver una lagartija. Es probable que ni siquiera sepa dónde está. A Henning le duele la mano con que sujeta a su hermana. También le duele la cabeza. Y los pies. Y los nudillos.

Decide parar a descansar en la siguiente curva. Observa el valle para calcular la distancia a la que se encuentra el pueblo y se lleva un buen susto. No se han acercado, sino que se han alejado. Es como si mirasen a través de un catalejo al que le hubieran dado la vuelta. El sendero pedregoso baja serpenteando hasta el infinito. Henning no es capaz de contar las curvas. Le duele tanto la cabeza que apenas se puede concentrar.

Cuando iban en coche, llegaban en un momento. El paisaje que veían por las ventanillas iba elevándose y descendiendo sucesivamente. A veces, papá jugaba al «París-Dakar». Se inclinaba sobre el volante y pedía a mamá que le ayudase con las curvas: «cerrada a la derecha», «ciento ochenta grados a la izquierda». Henning y Luna, que viajaban en el asiento de atrás, gritaban emocionados. Ahora están tirados en el suelo, como si fueran moscas a las que les han arrancado las alas.

Tiene que admitir que no son arquitectos, sino... niños pequeños.

Se echa a llorar, aunque no le salen las lágrimas. Tiembla de pies a cabeza, pero su rostro sigue seco. Se ha sentado y ha apoyado la cabeza sobre las manos. Permanece así hasta que los temblores desaparecen. Entonces levanta la vista, mira hacia el pueblo y ve un coche. Un Opel blanco, tan pequeño que parece de juguete. Avanza despacio por una de las callejuelas, se detiene en un cruce y señaliza la maniobra con las intermitencias. Henning lo reconoce incluso desde allí arriba. El vehículo dobla la esquina y desaparece entre las casas. Es el coche de alquiler. ¡Es su coche de alquiler! Es justo lo que pensaba. Mamá y papá se han perdido y andan dando vueltas.

—¡Luna! ¡Están ahí abajo! ¡Los he visto!

Luna se ha tumbado boca abajo, sobre las piedras. Seguro que se le están clavando en la tripa, tiene que estar incómoda, pero no reacciona. La coge por los hombros y la sacude con violencia. Levanta la cabeza, pero no responde.

—¡He visto a mamá y a papá! ¡Tenemos que seguir adelante!

Luna deja caer la cabeza. No tiene fuerzas. Henning se levanta e intenta que se ponga en pie. Ella se limita a balbucear cosas incomprensibles.

—¡Mira, ahí detrás hay cabras!

Es cierto. En una de las laderas de enfrente hay un rebaño. Puntos de colores, algunos con manchas, otros blancos. Henning logra distinguir al pastor y al perro, antes de que el sol le deslumbre y le obligue a cerrar los ojos. A Luna le gustan las cabras. Cuando mamá descubre algunas, ella es la primera que se acerca corriendo para verlas.

—¡Ahí! ¡Mira!

—Cansada... —murmura, tan bajito que apenas se la oye. Se da por vencido.

—Entonces, aquí te quedas. Me voy sin ti. ¡Adiós!

Es lo que suele hacer mamá. Cuando su hermana está de morros, se sienta en el suelo, cruza los brazos y se niega a levantarse, se da la vuelta y comienza a caminar como si fuera a marcharse. La mayoría de las veces funciona. Llega el momento en que Luna no aguanta más, se levanta de un salto y sale corriendo tras ella. Eso sí, cuando tiene un día especialmente malo, mamá tiene que regresar y tomarla en brazos, y ella chilla con todas sus fuerzas.

Henning empieza a andar. Al principio parece que las piernas no le obedecen, pero va mejorando poco a poco.

—¡Me voy de verdad, Luna! ¡Adiós!

Avanza unos cuantos pasos y se da la vuelta. Luna ni siquiera le mira. A lo mejor ni se ha enterado de que se marcha. Entonces se le ocurre una idea. La dejará allí y bajará solo al pueblo. Está claro que juntos no lo lograrán jamás. Irá todo lo rápido que pueda. Encontrará a mamá y a papá, subirá con ellos en el coche, vendrán hasta aquí y recogerán a su hermana. Siempre llevan una botella de agua mineral. Ahora se alegra de que sea así; está deseando beber algo.

Vuelve con Luna para explicárselo.

—Espérame aquí, ¿vale? Volveré pronto. Voy a recoger a mamá y a papá.

Al principio parece que no reacciona, pero luego levanta la cabeza y se queda mirándole. Tiene los ojos rojos, el cabello empapado en sudor y la capa blanca que cubría sus labios se ha extendido hasta la nariz.

—No te marches —le pide.

—Será un momento. Voy a buscar a mamá y papá. Vuelvo enseguida.

—¡No te marches!

Se inclina sobre ella y le da un beso en la frente. Y se pone en camino. Luna comienza a llorar. Se aleja de allí lo más rápido que puede. No quiere mirar atrás y, sin embargo, lo hace. Su hermana se ha levantado, se ha puesto de rodillas sobre las piedras y extiende los brazos hacia él. Quiere ponerse de pie, pero, cuando lo intenta, se cae al suelo.

—¡Henni! ¡Henni! ¡Henni!

No llama a mamá, le llama a él. Cada vez que pronuncia su nombre, es como si le cortaran con un cuchillo. Continúa andando. Gira la cabeza. Ya no la oye. Ya no la ve. Se cae. Se levanta. Corre todo lo que puede. Al llegar a la siguiente curva, para a descansar. Contempla el valle. El coche de alquiler ha desaparecido. Henning ve uno azul y otro rojo, pero ninguno blanco. El blanco debe de estar dando vueltas por las calles, entre aquellas casas que parecen de juguete. No puede ser tan difícil encontrarlo. Femés no es tan grande, por supuesto. La verdad es que, en lugar de acercarse, parece que se ha alejado un poquito más. Henning guiña los ojos, pero el pueblo sigue a la misma distancia. Va a tener que darse prisa si quiere alcanzarlo, si no terminará escapándosele. Tal vez debería echar a correr, aunque se arriesgue a caerse.

Se da la vuelta y mira hacia atrás. Arriba, al borde de la carretera, ve a Luna. Sigue tendida boca abajo. No se mueve. No se le ve la cabeza. Henning alcanza a distinguir el pijama de color azul claro que ha heredado de él.

Parece un animal atropellado. Un gato. Un conejo. Uno de esos que se encuentran tirados en la carretera, bajo el sol abrasador, aplastados por las ruedas de los coches que pasan sobre ellos una y otra vez, rasgando su piel, extendiendo sus restos sobre el asfalto, de modo que, al cabo de unos días, cuando uno pasa por el mismo lugar, solo queda una mancha marrón.

Las piernas de Henning se ponen en movimiento antes de que él se lo ordene. Sale corriendo, sí, pero no montaña abajo, sino montaña arriba. Da la espalda a Femés. Vuelve sobre sus pasos. Sube por el sendero pedregoso. Regresa con Luna.

Cuando se ven de nuevo en casa, echados uno al lado del otro en la terraza, a resguardo del sol, Henning no se puede creer que hayan conseguido llegar. Ha tenido que cargar con Luna casi todo el camino. Ha gritado y ha suplicado, le ha prometido premios y la ha amenazado, ha tirado de sus brazos y de sus piernas, la ha arrastrado y la ha empujado, pero no ha servido de nada. Luna se ponía en pie, avanzaba unos cuantos pasos y se dejaba caer de nuevo. Sentado a su lado, bajo un sol de justicia, descansaba un poco y seguía adelante. Tenía la vista fija en la casa, cuyas paredes blancas sobresalían por encima de los muros y de las palmeras. No estaba tan lejos y, sin embargo, se le antojaba inalcanzable. Pensó que no lo lograrían. Pero siguió adelante y, gracias a él, lo han conseguido.

La sombra los envuelve con su frescor. En el ambiente flota un ligero aroma a flores. Es como cuando mamá acaba de ducharse, sale del cuarto de baño y apoya sus manos sobre sus hombros. El muchacho gira la cabeza y pega las mejillas contra las baldosas frías, primero una y después la otra. Le arde la piel. Siente un dolor punzante en las sienes. Su cabeza está a punto de estallar. Pero lo peor es el erizo que se le ha atravesado en la garganta. Cuando intenta tragar, se atraganta. Luna parece dormida. Tiene los ojos cerrados y respira con placidez. Henning piensa que deberían descansar un poco antes de volver a intentarlo. Tal vez podría utilizar el carrito de bebé para bajarla. O la carretilla, como hacía Noah. ¡Qué divertido era estar con Noah en el jardín! Noah, que robó a mamá y mató a papá. Aunque, en realidad, no están muertos. Los padres no mueren. Andan perdidos en un Opel blanco por Femés. Ha cerrado los ojos, pero sigue viendo las rayas que separan unas baldosas de otras, las mismas que no podía pisar. Luego se queda dormido.

Cuando despierta, parece que no ha pasado el tiempo. El jardín sigue en calma. El calor es el mismo de antes. Luna no se ha movido; está echada en el suelo, con los ojos cerrados. Henning no sabe si es por la mañana o por la tarde. Está atrapado en ese día. Es como si hubiera caído en una trampa de la que no puede escapar. Sin embargo, se siente algo más fuerte. El dolor de cabeza ha disminuido y ya no le escuecen tanto los ojos. Saca fuerzas de flaqueza para ponerse en pie y se dirige a la cocina. Necesita algo con que calmar su estómago, que comienza a rebelarse.

Se arrodilla delante del frigorífico y saca un cubo de yogur que estaba en la parte de atrás. A Henning no le gusta el yogur. Su sabor ácido le recuerda al vómito. Además, en esta isla, tiene un extraño regusto a cabra. Mamá suele decir que es lo más sano del mundo. A él le trae sin cuidado. Pero las circunstancias mandan. Arranca la tapa. Mamá se sentiría orgullosa de él. Se reiría y diría en voz baja: «¿Ves?». En la superficie, sobre la masa blanca, flota un líquido turbio. Henning se lo bebe. La humedad suaviza su garganta. Cierra los ojos y siente un inmenso alivio. Coge el yogur con los dedos y se lo mete en la boca. El erizo no tiene alternativa, el yogur le obliga a deslizarse por el cuello hasta que desaparece en el estómago. Nunca había comido nada tan delicioso.

Antes de terminárselo, piensa en Luna. Le lleva el cubo y una cuchara para que pueda rebañar lo que queda al fondo. Cuando llega a la terraza, se detiene en seco. Abre y cierra los ojos varias veces, porque no puede creer lo que ve. Nada. Luna se ha marchado. El lugar donde la dejó dormida está vacío. Henning recorre la terraza de un lado a otro, como si pudiera haber pasado algo por alto. Entonces lo comprende.

Ya sabe dónde está. Con mamá y papá. Pero ¿cómo es posible? ¿Habrá venido Noah mientras él estaba en la cocina? Hay otra posibilidad, pero es tan terrible que no quiere ni pensar en ella. Entra en la casa corriendo, atraviesa la sala, llega al pasillo y llama a gritos a su hermana. Está histérico, presa del pánico. Ni siquiera reconoce su propia voz.

—¡¡Luna!!

La encuentra en el cuarto de baño. Se las ha apañado para arrastrar el armarito, ponerlo al lado del lavabo y subirse encima. Los botes de crema de mamá están tirados por el suelo, igual que el paquete de toallitas húmedas, ya medio vacío, y un montón de capas de baño para bebé. El tubo de pasta y los cepillos de dientes han corrido la misma suerte. El grifo está abierto. Luna sostiene debajo del chorro el vaso que utilizan para enjuagarse la boca. Espera a que se llene y bebe. Cuando ve a Henning, bebe aún más rápido. Apura el último trago, mientras sus ojos, con los que le observa por encima del borde del vaso, adquieren un tamaño desproporcionado, como si fuera un animal nocturno.

El miedo de Henning se transforma en odio. Odia a Luna, la odia con todas sus fuerzas. Porque sabe perfectamente que no debe hacer eso. Porque nunca obedece. Porque le ha dado un susto de muerte marchándose de la terraza sin decir nada. Porque, si bebe agua del grifo, puede morirse. Porque mamá y papá dirán que no la ha cuidado bien. Porque aún tiene en la mano el cubo con los restos de yogur que le traía. Porque el erizo ha vuelto a atravesarse en su garganta. Porque él también necesita agua, una bañera entera en la que sumergirse, beber, beber y refrescar su cuerpo, por dentro y por fuera.

—Agüita —dice Luna, cuando deja un momento el vaso para tomar aire.

Henning la empuja. Está decidido a apartarla del agua venenosa y del lavabo.

—¡Mala!

El vaso vuela por los aires. El armarito está a punto de volcarse. Luna no encuentra nada a lo que agarrarse y cae al suelo de bruces. Aterriza con los brazos por delante, pero lleva tanto impulso que no puede frenar y se golpea la barbilla contra las baldosas. Esta vez, Henning sabe que no está muerta, porque el impacto no ha sido en la nuca, sino en la cara. Pero ocurre algo con lo que no contaba, algo que podría ser incluso peor que la muerte. Todo se llena de sangre en cuestión de segundos. Henning no había visto nunca tanta sangre. Es de Luna. Le escurre por la mejilla hasta el oído y, cuando se incorpora, baja por la barbilla y por el cuello hasta la parte superior del pijama azul, que se tiñe inmediatamente de rojo oscuro. La pequeña está tan desconcertada que ni siquiera llora. Se lleva las manos a la cara y se da cuenta de que se le han puesto rojas. Mira a Henning como si tuviera que explicarle lo que está ocurriendo. Abre la boca para decir algo, pero entonces la sangre brota a borbotones. Luna tose y salpica los pantalones del pijama de Henning, sus brazos y su cara.

La ha empujado. Le ha hecho una herida. Ahora está sangrando. Es culpa suya.

—¡Deja de sangrar! —vocifera—. ¡Que pares, te digo!

Luna parece asustada, no entiende lo que dice, pero, por el tono de voz que emplea, sabe que está enfadado con ella.

—¡Todo esto es por ti! ¡Porque has bebido el agua del monstruo! Todo es culpa tuya.

Es entonces cuando ella se echa a llorar. No porque sangre, sino porque su hermano la está regañando. Esto hace que él se enfade todavía más. Al llorar tuerce la boca, los labios se abren, escupe sangre y saliva, y puede ver lo que ha pasado. Le faltan dos dientes. Los de arriba. En el lugar que ocupaban, hay un agujero rectangular lleno también de sangre. Henning sabe que los dientes no pueden volver a colocarse en su sitio. En cuanto la vean, se darán cuenta de que se le han caído. Le dan unas ganas terribles de volver a empujar a Luna con más fuerza aún, para que salga volando por el cuarto de baño, se golpee la cabeza contra el inodoro y se quede quieta y callada de una vez. Será el único modo de que reine la paz.

—Me marcho —anuncia—. ¡Y no volveré hasta que dejes de sangrar!

Entra corriendo en la sala, se esconde detrás del sofá cama y tira de la cortina que cuelga sobre él, para que no pueda verle. Escucha su llanto, la oye acercarse:

—¡Henni! ¡Henni! ¡Henni!

Aguanta la respiración. Espera. Se obliga a permanecer en silencio hasta que por fin se calla.

Cuando cae la noche, la lleva a la cama. Esta vez no ha conseguido adelantarse a la oscuridad, pero está demasiado débil para preocuparse por eso. Ha encontrado los dos dientes en el baño y los ha recogido. Estaban en medio de un charco de sangre seca. Los coloca debajo de la almohada, mientras le cuenta a Luna la historia del Ratoncito Pérez. La pequeña está echada sobre su espalda y le mira fijamente. Es como si bebiera su imagen. Todavía le quedan manchas negras de sangre, que no ha conseguido eliminar por completo, alrededor de la boca y del cuello. Eso sí, le ha puesto un pijama limpio. Algo de lo que se siente orgulloso. Le acaricia la cabeza y suspira:

—¡Ay, Luna!

La pequeña cierra los ojos. El sueño es una tierra maravillosa, hacia la que Henning se encamina a pasos agigantados, como si tuviera alas en los pies. El sueño le envuelve, le mece en sus brazos. La realidad se desdibuja y él se zambulle en el olvido.

Al despertar tiene claro cuál es la respuesta. Brilla ante sus ojos, transparente como el cristal, como si hubiera estado allí desde el principio. Tal vez no quisiera aceptarla. Pero no puede eludir la verdad por más tiempo. Se levanta, va al baño y hace pis en el váter. Luego se dirige a la sala, donde encuentra a Luna. No le ha llamado la atención que no estuviera a su lado cuando se despertó. Se comporta de una forma un poco rara. Está acurrucada contra la pared, con los brazos y las piernas cruzados, meciéndose adelante y atrás. Cuando fueron al zoo, Henning vio un mono que se mecía de la misma manera frente a una pantalla de cristal. Sus ojos vuelven a tener un tamaño desproporcionado. Le mira, pero no dice nada, no muestra ningún tipo de reacción. Se limita a mirarle, mientras continúa meciéndose. Henning se pregunta si habrá vuelto a beber agua. Aunque eso ahora da igual. La necesita. Tiene un plan y cuenta con que le ayude. No puede llevarlo adelante solo.

—Ven —le pide—. Ya sé lo que ha ocurrido.

El cielo está despejado. El sol brilla. La sala se llena de una agradable claridad. En la terraza hace ya bastante calor. Los gorriones arman un alboroto formidable en las palmeras. Henning y Luna atraviesan la terraza y dan la vuelta a la casa. Pasan por delante del muro de las arañas. Hay cientos de ellas.

Escalofriantes soles de ocho rayos, inmóviles por completo. Henning las mira y siente un hormigueo por todo el cuerpo, como si estuvieran corriéndole por encima. Se cogen de la mano y cruzan a toda prisa. Luna se nota febril. Irradia calor. Es como si ardiera por dentro. Cuando se da cuenta de a dónde se dirigen, se queda parada.

—Venga —insiste Henning—. No nos queda más remedio.

Están junto a la plataforma de hormigón, que, según les explicó papá, recoge el agua de la lluvia y la lleva al aljibe. Antes, las personas, los animales y las plantas dependían del agua de la lluvia para vivir y, como en la isla llueve tan pocas veces, había que aprovechar hasta la última gota. Luna sube a la plataforma y clava los ojos en la pesada tabla de madera con la que papá tapó el agujero del centro, para que nadie se cayese. Tampoco se le ha olvidado lo que dijo mamá: «Ahí abajo vive un monstruo. Si os acercáis demasiado, os arrastrará a las profundidades».

Es justo lo que ha sucedido. Henning lo sabía desde el principio, pero no se ha atrevido a admitirlo hasta ahora. Conoce bien a los monstruos. Le han contado muchas historias sobre ellos. Mamá estaba trabajando en el jardín y fue a mirar si quedaba agua en el aljibe. En cuanto retiró la tabla, un largo brazo surgió de las profundidades, la agarró y se la llevó consigo. Es casi seguro que papá la oyó gritar y acudió en su ayuda. Entonces, el monstruo le atrapó a él también.

Henning no puede explicar por qué ha desaparecido el coche. Pero eso, de momento, carece de importancia. Lo principal es que mamá y papá están ahí abajo, en el agua, en la oscuridad, retenidos por un monstruo espantoso que los vigila esbozando una mueca burlona. Tal vez se haya comido a alguno de los dos, pero de momento prefiere no pensar en ello. Luna sacude la cabeza. Abre unos ojos grandes como platos. Parece que toda ella fueran pupilas.

—Mamá y papá están ahí abajo —asegura—. Tenemos que rescatarlos.

—¿Mamááá? ¿Papááá?

A Henning le parece estar oyendo la voz de Luna por primera vez desde hace mucho tiempo. Aunque no está de humor, rompe a reír. Se pone de rodillas y abraza a su hermana, estrechando su cálido cuerpecito contra su pecho. Ella apoya la cabeza sobre el hombro de él y respira plácidamente, como si fuera a quedarse dormida.

—Ven. Ya descansaremos más tarde. Vamos a sacar a mamá y a papá de ese agujero.

Pasito a pasito, con mucha cautela, atraviesan la plataforma de hormigón, como si caminaran sobre un lago helado. Cuanto más se acercan al agujero, más lentos avanzan. Luna se detiene una y otra vez y sacude la cabeza. Henning la coge de la mano para que siga adelante. Comienza a hablar y no para. Un torrente de palabras brota de su boca. Recuerda una visita que hizo con papá al Baggersee, un lago artificial. Era invierno y sus aguas se habían congelado. Sobre la superficie se acumulaba una fina capa de nieve. Papá y él estuvieron paseando un buen rato.

—Tú no viniste, Luna —comenta—. Eras aún muy pequeña.

Según le explicó papá, el agua se congela siempre a partir de los bordes, por eso permanecieron cerca de la orilla, no tenían la seguridad de que el hielo del centro aguantase su peso. De repente vieron a un patinador, que giraba en círculos a cierta distancia. Los patines dibujaban un hermoso motivo sobre la capa de nieve. La superficie de hielo producía un extraño sonido, vibrante y cristalino, que Henning no había escuchado hasta entonces. Hasta que oyeron un crujido sordo y el patinador desapareció. Emergió al punto, gritando y escupiendo agua. Apoyó los brazos en el borde del agujero para salir, pero el hielo no aguantaba su peso, se quebraba. El hombre chapoteaba, pedía ayuda desesperadamente. Papá, que había salido corriendo hacia la orilla en cuanto lo vio, regresó con una rama larga. Se echó boca abajo y se arrastró con cuidado hasta el agujero. Tendió el extremo de la rama hacia el patinador. El hombre se agarró y papá tiró de él poco a poco, muy despacio, para sacarle del agua.

—Le salvó la vida —le explica.

No deja de hablar hasta que se encuentran ante la tabla. Se detienen y la examinan. Es más grande de lo que recordaba. Parece una puerta, pero no de una casa ni de una habitación, sino de un cobertizo o de un establo. Varias tablas sujetas con largueros, clavados en diagonal. Henning se arrodilla. El firme sobre el que se encuentran no parece estable. Da la impresión de que tiembla, de que podría venirse abajo en cualquier instante. Intuye la oscuridad que encierra el hormigón. Desliza los dedos bajo el borde de la tabla y tira de ella. Apenas se mueve. Cuando intenta levantarla, no sucede nada. Se inclina hacia delante, se apoya sobre las rodillas y tira con todas sus fuerzas hacia atrás. La puerta se levanta unos centímetros y vuelve a caer a plomo. El golpe retumba en sus oídos. Su eco reverbera por las profundidades y llega hasta el último rincón del jardín. Cualquiera diría que es la voz del monstruo. Luna se ha quedado petrificada de miedo. Mira a Henning con los ojos muy abiertos, sin comprender lo que ocurre. Han vuelto al punto de partida.

—Lo conseguiremos —promete él—. Espera aquí.

Abandona la plataforma de hormigón con paso seguro. Tiene un plan. Sabe qué hacer. Va a sacar a mamá y a papá de allí. Pronto volverán a estar los cuatro en el Opel blanco, saludando con la mano a otros niños que se encuentren en el borde de la carretera. Sale al jardín y escoge una piedra grande. Tendrá el tamaño de la cabeza de un niño. La levanta con ambas manos, la apoya contra su pecho y carga con ella hasta el agujero, donde Luna, obediente, le espera en cuclillas. Deja la piedra con cuidado de no hacer ruido para no volver a asustarla. El sol calienta con fuerza. Una vez más, se ha olvidado de cubrirse la cabeza, que empieza a dolerle, pero, a pesar de todo, se siente bien.

—Vas a tener que ayudarme —previene a su hermana con la voz de un arquitecto.

Es igual que cuando construyen algo juntos. Henning va dando instrucciones y Luna las cumple lo mejor que puede. Elogia su trabajo, porque sabe que así jugará más tiempo con él.

—Yo soy la grúa, tú eres la pala. Yo la levanto y, cuando esté arriba, tú metes la piedra debajo. —Y, para asegurarse de que lo ha entendido, se lo repite un par de veces en su idioma—. Tú, palaaa; tú, palaaa.

Antes de ponerse manos a la obra, le pide que pruebe a desplazar la piedra. Como se trata de una superficie lisa, lo consigue sin problema. Se colocan en sus puestos y Henning da la señal para comenzar.

—Preparados, listos, ¡ya!

Esta vez se apoya sobre las rodillas desde el principio, la tabla se levanta, falta un palmo para que la piedra entre. Henning está temblando, aguanta la respiración, nota como la sangre se le acumula en la cabeza. Los últimos centímetros se hacen más difíciles que los primeros. La tabla se resiste. Puede que se convierta en un obstáculo insuperable. Piensa en mamá, sumergida en el agua negra, se esfuerza aún más y logra su objetivo.

—¡Ahora! ¡Rápido!

Luna introduce la piedra. La tabla se escurre. Él la sujeta con todas sus fuerzas.

—¡Métela!

La piedra está en su sitio. Ahora la puede soltar. Parece que sus brazos sean de goma. Tiene que sentarse. El sudor se le mete en los ojos y siente la boca como papel de lija, pero han conseguido levantar la tabla. Se echa sobre el suelo y mira a través de la abertura. Aunque no puede meter la cabeza debajo de la tabla, nota el frescor que asciende desde la profundidad y le refresca la frente. A decir verdad, resulta agradable.

—¡Hola! —llama—. ¿Mamá?

El eco transforma su voz. Suena como la de un ser extraño. No parece proceder de su boca, sino de aquel frío agujero. Luna se echa a su lado y le imita.

—¡Mamááá! ¡Mamááá!

Continúan gritando durante un tiempo, pero no obtienen respuesta. A los niños les gusta chillar y el eco les hace un poco de gracia, pero él decide que ya es suficiente. Tienen que probar otra cosa.

—¿Mamá no ahííí?

—Sí que está, pero no responde, porque... porque está demasiado débil. O porque el monstruo le tapa la boca.

Se agacha y agarra el borde de la tabla con ambas manos. Ahora es más fácil que antes, puede hacer mucha más fuerza.

—Ahora tú también vas a ser una grúa. Agarra conmigo. Hay que levantar la tabla.

Luna se coloca a su lado y se aferra al borde con sus deditos.

—Preparados, listos, ¡ya!

La puerta comienza a elevarse. Henning tira más fuerte. Papá suele decir que la fuerza debe venir de las piernas. Y se da cuenta de que es verdad. Logra ponerse de pie. Sujeta la tabla apoyándola contra su pecho. Le hace bastante daño. Luna tiene que extender los brazos para alcanzar el borde. En realidad, no está ayudando demasiado, pero actúa como si fuera así.

—Será mejor que sujetes por el otro lado.

Ella le entiende, y agarra por el lado estrecho. Los pies de Henning están justo al borde del agujero. Se da cuenta de que va descalzo. Sus dedos se curvan como los de un mono que se aferra a un árbol. Al mover la tabla, se han desprendido algunas piedrecitas que caen en el agujero. Henning las oye golpear en el agua con ligero chasquido. El frescor acaricia sus piernas y su vientre, mientras el sol abrasa su espalda. Es como si se hubiera quedado atrapado entre dos estaciones.

—Ya casi está —dice, aunque la verdad es que no lo tiene claro.

Por mucho que levante la tabla, no conseguirá volcarla. Para eso, tendría que dar dos pasos hacia delante, pero ahí es donde está el agujero.

—Vamos a cogerla por los lados —propone—. Yo por aquí y tú por allí.

No sabe cómo va a salir, pero hay que probar. Va desplazándose poco a poco, sin soltar la tabla, hasta que se encuentra frente a Luna.

—Cuando diga «ahora», tiramos con todas nuestras fuerzas.

La niña agarra el borde de la tabla y aprieta todo lo que puede, pero, de pronto, resbala.

—¡Cuidado! —grita Henning.

Luna pisa en el vacío. Se escucha el chapoteo de unos guijarros en el agua. La pequeña pierde el equilibrio y aterriza de espaldas sobre el hormigón. Sus piernas han quedado debajo de la tabla. Es como si el agujero quisiera absorberla y tragársela. Su tronco es lo único que sobresale. Henning se queda sin fuerzas, pero no puede soltar la tabla, porque la aplastaría.

Se oye un coche. Henning se pregunta si lo que escucha es real o no.

—¡Sal de ahí! ¡Rápido!

Luna no puede apoyar las piernas en ninguna parte, y sus dedos no encuentran asidero en el hormigón, pero es una muchacha lista, mueve el cuerpo como si fuera una serpiente y se desliza centímetro a centímetro sobre el suelo.

El coche se acerca. No está en Femés; está subiendo por el sendero pedregoso. Henning se pregunta si lo que escucha es real o no.

Palmo a palmo, Luna se arrastra fuera del agujero. Sus pies tocan el suelo. Está a salvo. Se aleja del abismo gateando.

—¡Bien hecho! ¡Eres fantástica!

Su pecho no puede soportar más la presión de la tabla.

—¡Vamos a tirar de nuevo!

Luna se levanta y vuelve a agarrar el borde. Una de las puertas del coche acaba de cerrarse. Henning levanta la cabeza y escucha. Debe de haber sido su imaginación. Un eco que flota en el valle como un fantasma.

—¡Tira!

La tabla se mueve. Se levanta. Henning da un paso hacia delante.

—¿Hola? ¡Hola!

Es la voz de un hombre. No debería estar allí. El silencio del jardín la ahoga. La tabla comienza a resbalar. Se desliza en diagonal hacia el agujero, porque Henning empuja con más energía que Luna y la pequeña no tiene fuerza para mantenerla derecha.

—¡No! ¿Qué estáis haciendo? ¡¡No!!

Es Noah. Atraviesa el jardín a grandes zancadas. Abre la boca y Henning le oye gritar. La tabla resbala y empuja a Luna en dirección al agujero, pero ella no suelta, se va a quedar colgando en el aire.

—¡¡¡No!!!

Noah ha llegado a la plataforma de hormigón. Se acerca a los niños. Henning le reconoce. Sabe muy bien quién es.

—¡Suelta, Luna! ¡Es mejor que sueltes!

Pero ya no puede soltar, necesita el asidero. La tabla se inclina, Henning lucha desesperadamente por mantener el equilibrio. Noah se acerca. Él ve su cara, contraída en una mueca horrible. Entonces comprende. El monstruo no está en el agujero. Noah es el monstruo. Saltó sobre mamá porque quería comérsela. Más tarde volvió para llevarse a sus padres. Ahora viene a por los niños.

Henning comienza a chillar. El grito retumba en su cabeza y en su pecho. Ya no puede sujetar la tabla, se le resbala de los dedos. Noah ha agarrado a Luna con uno de sus brazos, el otro rodea su cadera, y él se defiende pataleando. La tabla cae a plomo. El golpe es ensordecedor. La pequeña también ha empezado a gritar. El monstruo los ha atrapado a los dos. Henning lucha por zafarse de él, pero sabe que está perdido. Lo ha dado todo, lo ha intentado todo y, sin embargo, ha perdido. Es el fin.

Se encuentra al borde del agujero, mirando absorto a la nada. Hay una tabla sobre la plataforma de hormigón. La brisa refresca su rostro, el sol le abrasa la espalda. La superficie del agua, lisa como el cristal, se encrespa de vez en cuando, como si las entrañas de la montaña se estremecieran.

—¿Qué pasa?

La respiración de Henning se acelera, igual que si hubiera estado corriendo. Se da cuenta de que tiene los puños crispados. Abre las manos y ve dos piedras pintadas: un milpiés en la izquierda y un escarabajo en la derecha. Se sobresalta y las tira como si se tratasen de algo repugnante. Caen en el agujero. Golpean el agua produciendo un curioso eco. Las olas que levantan forman círculos concéntricos que alteran la quietud de aquel lugar tenebroso, al menos por unos instantes, hasta que vuelve a hacerse el silencio.

—¿Te has vuelto loco? ¡Significaban mucho para mí!

Lisa se ha acercado, aunque su instinto le dice que debe mantener la distancia que la separa del agujero y también de Henning, al que cree capaz de cualquier disparate.

Trata de disculparse, pero lo único que sale de su garganta es una especie de graznido. Ella le vigila con desconfianza. Él comprende que lo que ve en él no es un niño desamparado, sino un hombre adulto que suda a mares, respira entrecortadamente y contempla absorto un aljibe. Cuando se dispone a acercarse, ella levanta las manos para rechazarle.

—Será mejor que te vayas.

La mujer corre hacia la casa, cruza la terraza, entra en el salón y cierra la pesada puerta de madera tras de sí. Es como si la casa hubiera cerrado sus ojos.

Henning sale de Femés envuelto en una especie de ebriedad. Al principio frena un poco en las curvas, luego deja que la bicicleta ruede sin freno. Setenta, ochenta kilómetros por hora. Los ojos le lloran. No ve nada. Se concentra en mantenerse recto, en no dar bandazos. La velocidad lo devora todo. Es como si estuviera rebobinando una película. Retrocede a un ritmo vertiginoso. El ascenso, el esfuerzo, la lucha, el pedaleo, la respiración. Olvida el hambre y la sed. Todos sus pensamientos se borran. La distancia se diluye. La llanura se abre ante él. Cuando al fin levanta la vista y se seca los ojos, se da cuenta de que ha llegado a Playa Blanca. Es como si no se hubiera marchado, como si solo hubiera cogido la bicicleta un momento para ir a la panadería.

Se detiene en la entrada del complejo residencial donde se encuentra la casa de vacaciones que han alquilado y apoya un pie en suelo. Saca el móvil y aprieta la tecla que hay en el lateral. La pantalla se ilumina. La batería está al 84 %. El último SMS de Theresa es de hace dos días: «Por favor, trae yogur y crema de cacao».

Su ropa ondea en el jardín, colgada en el tendedero. El viento tira de ella con todas sus fuerzas, pero no consigue llevársela.

—¡Hola! ¿Qué tal te ha ido?

Theresa sale de la casa; los niños la adelantan.

—¡Papá, papá, hemos construido un castillo de arena!

Corren a su encuentro y se agarran a sus piernas. Henning abre los brazos y estrecha a Theresa contra su pecho.

—¿Cómo ha ido la salida? ¡Eh, no tan fuerte! —protesta riéndose.

Henning la rodea con su brazo derecho, mientras con el izquierdo sostiene a Bibbi y a Jonas.

Así permanecen unidos por unos instantes, como si se hubieran convertido en un animal de ocho patas.

Cuando regresan a Alemania, tirando del equipaje y de los niños, que no dejan de lloriquear, notan que en la escalera huele a tabaco.

—Pensé que solo iba a quedarse unos días —suspira Theresa.

Henning había acordado con Luna que se marcharía antes de que volviera a casa con su familia.

—Necesitamos el apartamento del ático como oficina —le recuerda—. Y no quiero que fume allí arriba.

—Hablaré con ella —responde Henning.

Theresa carga con la maleta más pesada y la arrastra escaleras arriba. No permite que le eche una mano.

Esa misma noche, cuando los niños se han ido a la cama, sube al ático y llama a la puerta. Luna abre con un cigarrillo encendido en la mano.

—¡Grande! —saluda antes de arrojarse a sus brazos.

También él está contento. Como si hubiera tenido dudas de que Luna existiera en realidad. La abraza, pero luego la aparta de sí y examina su rostro. Busca en ella a su hermana pequeña. Los ojos grandes, las mejillas regordetas, la mirada de asombro... Esos dos incisivos que perdió. Pero lo único que encuentra es una mujer atractiva que le observa con una mueca burlona. No hay rastro de la pequeña Luna.

—¿Has disfrutado de las vacaciones?

Henning comienza a ordenar el ático mientras le habla del tiempo, del paisaje y de las pequeñas aventuras de cada día. Vacía el cenicero, estira las sábanas del sofá cama, friega los platos y recoge las prendas que su hermana ha dejado tiradas. Luna le escucha mientras fuma. Por último, echa un vistazo al frigorífico. Solo queda café, unas rebanadas de pan de molde y un poco de salsa de tomate. Cuando vaya a hacer la compra se propone traerle fruta, verdura y pan en condiciones.

—Theresa no quiere que fumes aquí.

—Theresa no quiere que esté aquí. Con o sin cigarrillos.

Discute con ella. Por supuesto que tenía pensado marcharse, y lo habría hecho, pero resulta que Micha, que iba a proporcionarle alojamiento durante un tiempo, había vuelto con su novia y, como no le apetece pedirle a Rolf que le deje dormir en su sofá cama, ha preferido quedarse allí hasta que encuentre algo más o menos definitivo. Ha estado mirando. Es cuestión de días. Dos o tres. Una semana a lo sumo. Henning le responde que es imposible y le pide que deje de fumar de una vez.

—¿Qué ocurre, Grande?

Henning se acerca a la ventana y mira a la calle. Al caer la noche ha empezado a nevar. Las capotas de los coches, iluminadas por la luz de las farolas, están cubiertas de un manto blanco inmaculado. No es normal que en Gotinga haga tanto frío, y que además nieve. En las noticias hablan de una situación excepcional. Trenes cancelados, autopistas cerradas, un muerto. Al final, se da la vuelta y formula una pregunta.

—Hay fotos —responde Luna.

En ese instante se acuerda del álbum familiar, encuaderna-do con cuero sintético de color verde. Nadie se interesaba ya por él, así que se lo llevó cuando hizo la mudanza. Abandona el ático y corre escaleras abajo. Entra en el pequeño trastero del sótano y saca su polvorienta bicicleta para poder acceder a la caja donde guarda las cosas antiguas. Huele a moho, y diría que también hay ratones. Entre paquetes de cartas, viejas ediciones de un periódico escolar y varias cajas llenas de soldaditos de plomo, encuentra por fin lo que busca. Limpia el álbum con la manga y lo lleva arriba. Una vez en el ático, lo coloca sobre el escritorio. Henning y Luna inclinan sus cabezas sobre él.

Páginas de cartón duro cubiertas con plástico transparente. Henning con la bolsa de golosinas y material escolar que los ni-ños alemanes reciben en su primer día de colegio. Luna mos-trando los dos dientes que le faltaban. La historia de cómo los perdió forma parte del pequeño repertorio de leyendas familia-res que su madre les ha contado una y otra vez. Habían salido al parque. La pequeña Luna iba montada en su triciclo. Cuan-do estaba en lo alto de una colina, levantó las piernecitas y dejó que rodara sin control cuesta abajo. La madre no tuvo tiempo de reaccionar. Luna gritaba de alegría mientras el triciclo iba dando bandazos, hasta que chocó contra un muro. Luna salió volando y aterrizó sobre unos arbustos. Por desgracia, se golpeó en la boca con una piedra. Henning recuerda aún lo orgullosa que estaba Luna por el hueco que habían dejado sus incisivos. Abría la boca y ponía una cara muy rara, para que saliesen en todas las fotos.

Pasa las páginas, los niños crecen. Luna se ha hecho mayor, pero siempre se la ve sonriendo a su lado. Entonces, repara en un detalle:

—¿Te has fijado?

Las imágenes se acaban. Las últimas páginas están en blanco. Cuando cierra el álbum, cae un puñado de fotos, que estaban sueltas al final.

Werner, cabello y barba morenos, durmiendo en una tumbona y sosteniendo en la mano derecha la colilla de un porro que ya se le había apagado. La madre con gafas de sol, trenza francesa y un vestido de colores. Un Opel Corsa blanco de los años ochenta, Werner al volante y los niños saludando desde el asiento de atrás. Ésa es la casa: paredes revocadas, pintadas de blanco; tejado en cumbrera; una torre imponente con una cúpula de cristal. Palmeras, cactus, buganvillas. Henning y Luna desnudos, protegiéndose del sol con unos sombreros blancos, en cuclillas sobre la gravilla negra, levantando la vista hacia la cámara. Luna tiene la boca entreabierta. Los dientes superiores están intactos. En la última fotografía se ven las arañas. La tomaron desde muy cerca. Hay muchísimas y están pegadas unas a otras sobre la pared blanca, formando un motivo siniestro. Una imagen formidable, digna de una revista de naturaleza.

Deja caer la foto, corre al tragaluz, lo abre y aspira el aire frío de la calle. El mundo parece otro, como si se hubiera puesto un disfraz de invierno. Luna se coloca a su lado, le coge del brazo. Él la agarra con fuerza y empieza a contarle lo que sucedió. Ella no dice nada, se limita a escuchar. A veces se estremece, lo nota.

Cuando acaba se queda mirándola. Ella le observa con unos ojos grandes como platos. Ahí está la niña pequeña. Su capacidad de asombro aún perdura.

—¿Te acuerdas de algo? —pregunta él.

Ella sacude la cabeza. Por supuesto que no, solo tenía dos años. Henning saca su teléfono móvil del bolsillo y le muestra la lista de SMS recibidos desde el primero de enero. Felicitaciones de Año Nuevo de su madre y de algunos amigos. El mensaje de Luna en el que anunciaba que iba a mudarse al ático por un tiempo, tres días a lo sumo. Pero no encuentra ningún SMS de Theresa. Henning lo ha comprobado una y otra vez. No hay nada. El día que subió a la montaña, el sol brillaba radiante y le impedía ver bien la pantalla. Él tenía los ojos irritados por la luz y el viento. Por no hablar ya del sueño atrasado, de la fatiga, de la deshidratación y de la falta de azúcar.

—Debo de haberme imaginado el mensaje —admite—. Igual que todo lo demás.

—Eso creo yo también —dice Luna—. Piénsalo. Éramos muy pequeños. Tendríamos la misma edad que Bibbi y Jonas. A los niños de esa edad no se les deja solos así como así.

Él le explica que los recuerdos tempranos se apoyan a menudo en imágenes o en relatos. Incluso es posible inducirlos mostrando al individuo adulto fotografías de su pasado convenientemente manipuladas y hacer que se acuerde de cosas que no han ocurrido jamás. Luna sugiere que las imágenes del álbum habrían permanecido ocultas en su subconsciente y que, al ver la casa de Femés, habría elaborado aquel relato. Hablan durante mucho tiempo sobre la memoria humana, sobre la conciencia y sobre la realidad como suma de los relatos que los hombres construyen. Una conversación Henning-Luna. Cuando vuelve a su casa, Theresa ya está durmiendo.

Pasan algunos días. Superan los resfriados propios de la época. Los niños vuelven a la guardería. Theresa y Henning, al trabajo. Salen a comprar, hacen la colada, ordenan la casa.

Theresa se queja de que Luna no haya abandonado el ático. La rutina cotidiana. También *eso* ha regresado a su vida. Desde que volvieron de las vacaciones, los ataques han sido más violentos. A veces, cree que ha llegado su fin, e incluso lo desea. Una noche espera a que los niños se metan en la cama y, mientras Theresa recoge la cocina, se lleva el teléfono al cuarto de estar y cierra la puerta. Su madre descuelga en cuanto suena el primer tono. No espera a que le pregunte. Contaba con su llamada. En cuanto le dijo que iba a viajar a Lanzarote, supo lo que sucedería.

Henning está de pie junto al sofá cama de la sala de estar. La televisión está apagada, la pantalla parece un espejo negro. Se queda sin palabras. Le sorprende que su madre no haya intentado eludir la cuestión. Empieza a hablar espontáneamente, como si se sintiera liberada por poder contárselo por fin a alguien.

Durante mucho tiempo se culpó por lo que había ocurrido, pero luego hizo las paces consigo misma. Al fin y al cabo, no sucedió nada grave. ¿Cómo se llamaba el jardinero?

—Noah —apunta Henning.

¡Sí, es verdad! En aquella época, Werner fumaba demasiados porros. Se pasaba la mitad del día colocado, sentado junto a ese muro, y mostraba poco o ningún interés por la cama. Entonces apareció en el jardín aquel hombre moreno, de piel tostada, con el torso desnudo.

Él no sabe si quiere oír eso. Vuelve a ver la espalda cubierta de vello de aquel hombre. Mientras tanto, la madre se refiere a la espantosa discusión que tuvieron aquella noche.

—Werner estaba fuera de sí. No voy a repetir lo que me dijo. Ya no se trataba de Noah; de repente, todo se había convertido en un problema.

Al parecer, Werner salió de la cocina, metió sus cosas en una bolsa y luego se guardó su pasaporte y algo de dinero.

—Dijo que no pasaría ni un día más bajo el mismo techo que yo. Quería ir al aeropuerto y coger el primer vuelo que saliera para Alemania.

La madre intento evitar que se subiera al coche y, al no conseguirlo, salió corriendo detrás del vehículo. No podía dejar que se largara sin más. Lo estaba echando todo a perder. Al fin y al cabo, no se trataba solo de ellos, sino también de los niños. Luna y Henning dormían en su cuarto. Era muy raro que alguno de ellos se despertase y fuera al dormitorio de sus padres. No iba a ocurrir justo entonces. Tenía que ir a buscar a Werner y hacerle entrar en razón. Estarían de vuelta, como mucho, al cabo de dos horas.

La madre recuerda el sendero pedregoso. No había oscurecido del todo, pero resbalaba y tropezaba por las sandalias que llevaba puestas, se caía en el polvo, se raspaba los nudillos, se levantaba y seguía corriendo. Werner conducía como un loco. No le importaban los baches. El coche iba dando saltos y tumbos. Cuando llegó al pueblo, pisó el acelerador, el motor rugió y el vehículo enfiló la carretera a toda velocidad.

La madre llegó a Femés poco después. Estaba cubierta de polvo y cojeaba. La gente estaba sentada delante de las casas. Había niños corriendo por todas partes. Un joven fumaba un cigarrillo delante del pequeño supermercado. Tenía a su lado una vieja motocicleta. Ella sacó un billete de cincuenta marcos y se lo puso delante. Debía ir al aeropuerto con urgencia. Al principio, el muchacho la miró con desconfianza. Luego se encogió de hombros, gritó algo a los que estaban en la tienda, tomó el billete y se montó. Su madre se subió detrás y se agarró con fuerza al joven, que mantuvo el cigarrillo en la comisura de los labios hasta que el viento se lo arrancó. Apuraba las curvas inclinándose todo lo que podía. Seguramente disfrutaba de aquel viaje, en el que una mujer desconocida lo rodeaba con sus brazos. No bajaron hacia Playa Blanca, porque la pendiente es demasiado pronunciada, prefirieron dirigirse hacia Arrecife, ya que el desnivel es algo más suave. No era una moto de gran cilindrada, el motor hacía un ruido espantoso, pero iban rápido. El viento desordenaba sus cabellos. Ella pensaba en Werner. Le alcanzaría en el aeropuerto y conseguiría que se tranquilizara. Y se subirían juntos al coche de alquiler y regresarían a la casa.

Poco antes de entrar en la autovía de Arrecife, en una curva cerrada, se encontraron frente a frente con un coche que circulaba en sentido contrario. Tal vez fuera un inglés borracho que creía que debía conducir por la izquierda. Como la carretera estaba flanqueada por una pared de roca, el joven tuvo que echarse al lado opuesto. La motocicleta acabó en una cantera de piedra volcánica, donde frenó en seco. La madre salió volando por los aires, chocó contra el suelo y perdió el conocimiento.

—Tardé tres días en despertar —cuenta ella—. Estaba en un hospital de Tenerife. Me habían llevado allí en helicóptero. En Lanzarote no disponían de una unidad de cuidados intensivos.

No llevaba encima ningún tipo de documento, nadie conocía su nombre. Nadie sabía cuál era su residencia en Lanzarote o quiénes eran sus familiares. La mantuvieron en coma inducido hasta que los médicos estuvieron seguros de que podían reanimarla sin peligro. Cuando la policía llegó a la casa de vacaciones que habían alquilado en Femés, Henning y Luna ya no estaban allí. No les llevó mucho tiempo dar con su pista. Noah se había llevado a los niños y los había dejado con su madre, que se ocupaba de ellos. Henning ve la casa. Ve la cocina patas arriba, cristales por el suelo, charcos secos, restos de comida. El dormitorio de sus padres destrozado, el baño con el armarito volcado y el suelo lleno de sangre. Ve la mirada atónita de Luna cuando la empuja. Su cuerpo tendido sobre el sendero pedregoso, como un animal atropellado. Siente el impulso de disculparse con su madre, y esto le pone enfermo. Los niños fueron trasladados a Tenerife en avión. Ella no estaba aún en condiciones de viajar. En el hospital, Henning y Luna durmieron al lado de su cama sobre colchonetas. Dice que Noah hizo lo correcto. Tenían mucho que agradecerle.

—¿Qué pasó cuando volvimos a Alemania?

—Pedí el divorcio.

Durante mucho tiempo, Henning no había podido olvidarse del asunto. Sentía un miedo exagerado por Luna. Por la noche se despertaba gritando y le costaba calmarse. Cuando estaba jugando y perdía de vista a su madre, se ponía fuera de sí. No había abrazo que pudiera consolarle. Gritaba y gritaba.

—¿Qué estabais haciendo en el aljibe? —pregunta la madre—. Según parece, tratabais de levantar la tapa. Nunca he entendido por qué.

—Teníamos que liberaros —explica él—. El monstruo se había apoderado de vosotros y os retenía en su guarida.

El silencio que se abre entonces les hace daño a ambos. Es el momento de poner punto final a la conversación.

—¿Por qué no me contaste nada de todo esto?

Oye que su madre resopla. Toma aire y vuelve a soltarlo.

—Pensé que lo más piadoso era olvidar lo ocurrido —responde ella.

Cuelga.

Henning abandona la vivienda y sube los cuarenta y dos escalones que llevan al ático. Ahora lo sabe todo. Arrastra un trauma. Uno severo. Cualquier psicólogo lo confirmaría. Durante treinta años ha vivido en un depósito subterráneo, en una caverna, cerrando los ojos para no ver el agujero por el que se podía precipitar. Después del primer tramo de escaleras cobra nuevos ánimos. El nudo se ha desatado. La luz ilumina la oscuridad. El monstruo ha recogido sus cosas y se ha marchado. Henning no volverá a ver a *eso*. Está loco de contento. Será libre. Amará a sus hijos, hará su trabajo, tendrá días buenos y malos. Y sufrirá por cosas normales: resfriados, problemas de dinero, discusiones con su mujer. Habrá noches en que no pueda dormir, pero eso no significará nada. Dentro de poco, *eso* no será más que un recuerdo. Ni siquiera se acordará de cómo se sentía. Terminará creyendo que su excitada imaginación ha exagerado las cosas, que *eso* no era tan malo, en absoluto. Algún día les contará todo a sus amigos. Dirá que los primeros años con los niños fueron muy duros. *Rough times.* Por fortuna han quedado atrás. Los ha superado.

La risa cosquillea su garganta. Sube los escalones de dos en dos. Llega al ático en un vuelo. Entonces, su corazón se paraliza. Las pausas entre un latido y otro son más largas que nunca. Se sujeta a la barandilla de la escalera. Le cuesta coger aire. En cuestión de segundos tiene la espalda empapada en sudor. Lucha contra el impulso de hacerse un ovillo en un rincón. En lugar de ello, coloca un pie delante del otro y sigue subiendo. Se esfuerza por mantener su respiración bajo control, vaciar del todo sus pulmones. Inspirar, inspirar, espirar, espirar.

Cuando llama a la puerta, Luna abre inmediatamente.

—¿Has conseguido localizarla? —le pregunta.

Henning asiente con la cabeza.

—¿Y?

—Ocurrió como te dije.

Están de pie, uno frente a otro. Henning tiembla, el sudor le corre por el cuello. Luna le observa. Él aparta la mirada y se concentra en el ático. Está más desordenado que nunca. Las cosas de su hermana están tiradas por todas partes. Cierra los ojos y trata de aspirar el aroma de sus cabellos, pero está demasiado lejos. Por un momento, parece que fuera a echarse a llorar. Da un paso al frente y extiende sus brazos hacia ella. Ahora está lo suficientemente cerca. La quiere con locura. Es un amor tan grande que le hace daño. No hay nada más importante que su pequeña Luna. No quiere apartarse de ella jamás, quiere retenerla a su lado para siempre, fundirse con su hermana en un solo ser. Tiene que salvarla. A ella y a sí mismo. Y ahora sabe cómo. Solo hay un camino.

La suelta y comienza a recoger las prendas que están dispersas por el suelo y a meterlas en su mochila. *Eso* va soltando a su presa. Entra en el baño y recoge su bolsa de aseo. Agarra la mochila y la pone en la puerta.

—¿Y eso? —pregunta ella.

—Márchate —responde él.

Se miran. Luna abre unos ojos enormes y le mira asombrada.

—Ahora mismo —añade—. Vamos, lárgate.

Ella obedece. Henning se acerca a la ventana. La oye salir de la vivienda. Se agarra al alfeizar con ambas manos para no salir corriendo detrás de ella y traerla de vuelta. La puerta se cierra de golpe. Confía en que Luna lo entenderá, pero no está seguro de que sea así. Su corazón se ha relajado, aunque aún respira demasiado deprisa. Hace frío y ha comenzado a nevar. Los copos caen con una prodigiosa lentitud. Luna sale del edificio. Es una mujer alta. Tiene un aspecto extraño bajo la luz amarillenta de la farola. Mira a un lado y a otro, tratando de decidir a dónde dirigirse. Comienza a caminar hacia la estación de ferrocarril. Allí se mezclará con otras personas. Su sombra la acompaña. Unas veces se queda atrás y otras la adelanta como un perro juguetón. La chaqueta que lleva puesta es demasiado fina, cogerá un resfriado. Henning abre la ventana, pero no grita. Solo quiere que desaparezca el olor a tabaco.

Otros títulos de la colección

EL HIJO DEL DOCTOR
Ildefonso García-Serena

CORAZONES VACÍOS
Juli Zeh

EL FINAL DEL QUE PARTIMOS
Megan Hunter

KRAFT
Jonas Lüscher

LA BALADA DE MARÍA TIFOIDEA
Jürg Federspiel

CAMPO DE PERAS
Nana Ekvtimishvili

LA ARPÍA
Megan Hunter

Vegueta ⊞ **Narrativa**